모든 것은 하나다

다시 하나임으로

모든 것은 하나다

Bridging Heaven & Earth

레너드 제이콥슨 지음 | 김윤 옮김

침묵의 향기

- **일러두기**

굵은 글씨로 표기된 단어(예: **현존**)는 원문의 첫 글자가 대문자로 되어 있는 단어다(예: Presence). 이런 표기는 개별적인 존재가 아님을, 또는 상대가 없는 절대 존재임을 나타낸다. 예를 들어, 굵은 글씨로 된 신(God)은 상대가 있는 개별적인 신이 아니라, 유일한 절대 존재인 신을 나타낸다.

1981년, 내 삶의 길을 근본적으로 깊이 바꾼 일련의 신비한 깨어 남이 처음 일어났습니다. 이 첫 번째 깨어남에서 나는 사랑에 깊이 열렸습니다. 가장 깊은 수준의 **현존(現存)**과 하나임을 경험했으며, 땅 위의 **천국**이 드러났습니다.

두 번째 깨어남은 3년쯤 뒤에 일어났는데, 그리스도 의식으로의 깨 어남이었습니다. 나는 다시 한 번 **현존**과 하나임을 깊이 경험했습 니다. 땅 위의 **천국**이 다시 내게 열렸습니다. 이때 예수에 관해 많 은 것이 계시되었습니다.

1987년 1월에 경험한 세 번째 깨어남은 신 의식으로의 깨어남이었 습니다. 나는 존재의 불가사의를 여행했습니다. 나는 바위들이 되 었고, 나무들과 새들, 하늘이 되었습니다. 그리고 시간을 처음부터 끝까지, 끝에서 처음까지 여행했습니다. 그 여행은 매우 신비로웠 지만, 존재의 다른 영역과 차원들로 들어가는 과정이 뒤따랐기에 쉽지 않은 여정이었습니다.

그 뒤로 세 번의 깨어남이 더 있었습니다. 네 번째 깨어남에서는 사랑의 본성을, 세상에서 사랑으로 산다는 것이 무슨 뜻인지를 알게 되었습니다. 다섯 번째 깨어남은 1994년 여름에 뉴욕에서 일어났고, 이전의 모든 깨어남이 하나로 통합되었습니다. 마치 모든 것이 제자리를 찾으면서 내 안에서 가장 단순한 방식으로 통합되는 것 같았습니다.

이 깨어남을 경험한 뒤, 나는 이제 다 끝났고 내 여행을 끝마쳤다고 확신했습니다. 그래서 그런 일이 더 있으리라고는 기대하지 않았는데, 아무런 예고 없이 1997년 5월에 여섯 번째 깨어남이 일어났습니다.

이때 일어난 일은 내가 예상할 수 있는 모든 범위를 넘어서는 것이었습니다. 그것은 우리 존재의 신비로의 깊은 열림이었습니다. 나는 모든 것과 하나임을 느꼈습니다. 마치 하늘이 나의 모자이며 별들이 나의 친구인 것 같았습니다. 시간이 사라졌고, 내가 영원한 초월적 의식 상태로 깨어난 것이 분명했습니다. 이 깨어남이 자리 잡고 내 안에서 통합되는 데 얼마간 시간이 걸렸습니다.

나는 몇 권의 책을 썼는데, 이 책들이 괴롭고 좁은 과거에서 해방될 준비가 된 사람들, 지금 이 순간으로 깨이니 삶을 변화시킬 준비가 된 사람들에게 도움이 될 것이라고 믿습니다.

첫 번째 책은 《고요한 현존》입니다. 이 책에는 첫 번째 깨어남의 시기에 드러난 지혜 중 많은 부분이 담겨 있습니다. 《현존 명상》은 두 번째 책입니다. 이 책은 앞의 책에서 이어지며, 깨어남의 길을 걷는 사람들을 위한 상세한 안내가 담겨 있습니다. 《모든 것은 하나다》는 이 시리즈의 세 번째 책입니다. 심오한 신비적 내용이 포함된 이 책은 3부작을 완성합니다. 이 책에는 두 번째와 세 번째 깨어남의 기간에 계시된 것들 가운데 많은 부분이 담겨 있습니다.

2007년에 《지금 여기에 현존하라》가 출간되었습니다. 이 책은 나의 가르침을 묶은 종합 안내서입니다. 진지하게 깨어나고자 하는 사람들이라면 결국 묻게 되는 질문들에 대한 대답을 제공합니다. 이후 나는 《빛을 찾아서(In Search of the Light)》라는 어린이 그림책을 출간했는데, 이탈리아 플로렌스에 사는 피암메타 도지가 아름답게 그림을 그려 주었습니다.

《모든 것은 하나다》는 당신의 이성적인 마음을 위한 책이 아닙니다. 이 책은 당신의 가슴과 영혼에게 말합니다. 이 책은 당신 존재의 가장 깊은 수준에 다다릅니다. 이 책은 영원한 당신의 차원에게 얘기합니다. 이 책은 당신이 당신 안에 늘 현존하는 진실로 깨어나도록 하기 위한 것입니다.

근본적으로 현존할 때 우리는 판단, 두려움, 욕망 없이 살아갑니다. 우리는 받아들이는 상태로 살아갑니다. 세상에서 사랑으로서 살아갑니다. 내면에서 힘을 얻습니다. 분리되어 있다는 환상은 사라집니다. 우리는 평화를 강하게 느끼며 살고, 모든 것의 하나임을 계속 알아차리며 삽니다.

《모든 것은 하나다》가 출간된 지 20년이 넘었습니다. 나는 이 책을 갱신하는 것이 적절할 것이라고 느꼈습니다. 이 개정판은 초판의 내용이 많이 담겼지만, 책의 흐름을 개선하기 위해 일부 내용을 추가했습니다.

이 책은 고통스럽고 제한된 과거를 치유하고 놓아 보내기 위한 것입니다. 이 책은 삶에서 더욱 현존하는 법을 배우도록 돕습니다. 이 책은 에고의 압제와 마음에서 해방되도록 돕습니다. 이 책은 자신이 여기에 있는 참된 목적을 스스로 발견하도록 돕습니다. 참된 충족을 발견하도록 돕습니다. 더 높은 의식 수준으로 깨어나도록 돕습니다. 이 책은 사랑, 자유, 힘을 위한 것입니다. 이 책은 하나임과 땅 위에 드러난 천국에 관해 얘기합니다. 이 책은 또한 신에 관해 얘기합니다. 그런데 내가 신에 관해 말할 때, 그것은 종교와는 아무 관계가 없습니다. 신을 믿는 것과는 아무 관계가 없습니다.

1981년에 첫 깨어남을 경험하기 전에는 나는 무신론과 불가지론의 사이 어디쯤에 있었습니다. 나는 신, 종교, 예수, 또는 믿음에 기초한 다른 어떤 종교나 영적 전통에 관심이 없었습니다. 그런데도 첫 번째 깨어남에서 나는 신을 직접 경험했습니다. 그래서 신의 존재를 의심하지 않았고, 신과 지금 이 순간으로 돌아가는 길을 찾는 것이 중요함을 의심하지 않았습니다.

그렇다면 나는 무엇을 가리켜 신이라고 하는 것일까요?

내게 신은 현존하는 모든 것의 한가운데에 있는 고요한 **현존**입니다. 신은 드러난 지금 이 순간입니다. 신은 실재합니다. 신은 지금 여기에 있지만, 우리는 그렇지 않습니다.

우리는 마음의 과거와 미래 세계에 빠져 길을 잃었습니다. 신의 살아 있는 **현존**을 경험하고 싶다면, 신이 있는 곳으로 나와야 할 것입니다. 우리는 마음에서 빠져나와 지금 이 순간으로 들어가는 길을 발견해야 할 것입니다.

신에 관해 말할 때, 나는 사실 신비가(mystic)로서 말하고 있으며, 내 말의 대부분은 초월적이고 깨어난 의식 상태에서 나오는 표현입니다. 나는 이 책들을 내 모든 사랑으로 여러분과 나눕니다. 나는 이 책들이 읽기로 예정된 사람들의 손에 전해질 것임을 믿습니다. 이 점에 관해서는 신의 뜻에 완전히 내맡깁니다.

현존은 삶의 모든 면을 향상시킵니다. 현존은 우리에게 힘을 주고 과거의 고통과 제한들에서, 미래에 관한 걱정들에서 우리를 해방합니다. 깨어난 **현존**의 더 깊은 수준에서, 당신은 모든 것 안에 있는 **현존**을 경험하기 시작할 것입니다. 내가 신이라고 부르는 것은 바로 이 **현존**입니다.

그것은 명백하고 분명합니다. 그것은 I AM **현존**입니다. 그것은 모습과 내용 너머의 순수 의식입니다. 그것은 모든 것이 일어나는 근원이자 모든 것이 돌아가는 근원입니다. 내가 묘사하는 방식으로 신을 경험하면, 자기 자신과 삶의 완전히 새로운 차원으로 열릴 것입니다. 아주 많은 기쁨과 사랑, 평화가 삶에 들어올 것입니다.

내가 당신과 나누는 것은 오래된 믿음 체계를 대체할 새로운 믿음 체계가 아닙니다. 나는 신을 믿지 않으며, 당신이 신을 믿는 것도 원하지 않는다고 정직하게 말할 수 있습니다. 당신은 신을 직접 경험할 수 있습니다. 그러면 신을 믿을 필요가 없습니다.

현존할 때 당신은 신을 믿는 것이 아니라 신을 압니다. 그리고 신이 당신 안 침묵의 한가운데에 존재한다는 것을 압니다. 정말로 현존할 때마다 늘 신에게 다가갈 수 있음을 압니다. 당신은 또한 어떤 노력도 하지 않았는데도 단지 더욱더 현존한다는 이유로 삶과 관계의 많은 면이 아주 긍정적인 방식으로 변한다는 것을 알아차리게 될 것입니다.

이 책을 주의 깊게 읽어 보십시오. 여기에 담긴 말들에 관해 명상해 보십시오. 당신의 가슴이 열리도록 허용해 보십시오. 이제는 마음의 속박에서 깨어날 때입니다. 이제는 환상과 분리에서 깨어날 때입니다. 이제는 당신 안에 존재하는, 하지만 더욱더 현존할 때만 알아볼 수 있는 진실을 껴안을 때입니다. 진실만을 추구하십시오. 진실이 당신을 자유롭게 할 것입니다.

모든 것은 하나다

처음 속에 끝이 있다.

땅 위의 천국

우리가 알고 있는 세계 안에는
또 하나의 세계가 존재한다.
이 세계는 시간의 처음부터 완전한 상태로 존재했다.
그것은 발견되기를 늘 기다리는
보이지 않는 세계다.
그것은 신의 세계다.
땅 위에 있는 천국.
무척이나 아름다운 세계.
경이롭고 놀라운 세계.
마법처럼 신비한 세계.
그것은 시간이 없는 세계다.
영원한 세계.
완전한 세계.
그것은 매 순간 당신에게 손을 내밀며
당신과 순간순간 관련되는 살아 있는 세계다.
나무들, 꽃들, 새들, 동물들과 벌레들까지 모두
당신과 이 완전한 세계를 함께 나누는
사랑하는 친구들로 경험된다.

땅 위에 있는 천국···

모든 것은 살아 있는 **현존(現存)**으로서,
신의 신성한 표현으로서 경험된다.
내가 말하는 이 세계는 신의 몸이다.
이 세계는 상상의 세계가 아니다.
이 세계는 실제로 존재한다.
나는 이 세계를 체험으로 안다.
나는 나 자신의 권위로 말한다.
당신에게 길을 보여 줄 수는 있지만
당신을 그곳으로 데려갈 수는 없다.
당신은 홀로 가야 한다.
신의 세계는 실재한다.
이 세계는 지금 여기에 있다.
이 세계는 당신이 알고 있는 세계 속에 숨겨져 있다.
이 세계는 당신이 살고 있는 세계 속에 숨겨져 있다.
그리고 그 세계로 가는 입구는
당신 안에 있다.
어떤 면에서는 당신이 그 입구다.

신은

신은 하나다.
신은 모든 것 안에 있는 하나다.
신은 현존하는 모든 것의 중심에 있는
고요한 **현존**이다.
신은 존재하는 모든 것이다.
신 아닌 것은 아무것도 없다.
아무것도 없음조차 신이다.

·　　·　　·

신은 실재한다. 신은 현존한다.
완전히 현존할 때만
신의 살아 있는 **현존**을 만날 것이다.

·　　·　　·

신은 당신 속 침묵의 한가운데에 존재한다.
당신 안에 있는 신에게로 깨어날 때
당신 밖에 있는 모든 것 안에서 신을 볼 것이다.
당신이 신과의 하나임으로 들어갈 때,
당신 안에 있는 것과 밖에 있는 것을 나누는
구분도 사라질 것이다.

신은 창조자이며 창조물이다

신은 창조자이며 창조물이다.
신이 어디 있는지 알고 싶다면
창조물을 바라보라.
창조된 모든 것이 신이다.
당신이 지금 이 순간
보고 듣고 맛보고 만지거나
냄새 맡을 수 있는
모든 것이 신이다.
지금 이 순간을 완전히 경험하는 것은
신을 경험하는 것이다.

신의 세계

신의 세계는 지금 이 순간의 실제 세계다.

신의 관점에서는 이 세계가 무한하다.

존재하는 모든 것은 이 세계 안에 있다.

이 세계는 경계가 없다.

이 세계는 하나다.

이 세계는 전부다.

하지만 우리의 관점에서는 이 세계가 유한하다.

우리가 신의 세계에 참여하는 것은

지금 이 순간 우리와 함께 있는 것들로 제한된다.

지금 이 순간 실제로 보고 듣고 느끼고

만지고 맛보고 냄새 맡을 수 있는 것들로 제한된다.

처음에는 그것들이 평범해 보인다.

그것들은 평범하다.

그러나 당신이 계속 현존하면,

그처럼 평범한 것들 안에 숨겨진 것이 드러날 것이다.

지금 이 순간은 존재의 영원한 차원으로 열리는 입구와 같다.

당신은 현존하는 모든 것에서

신의 살아 있는 **현존**을 서서히, 점차 만나게 될 것이다.

당신의 의식은 열리고 확장될 것이다.

당신은 땅 위의 **천국**에 있게 될 것이다.

신과 함께하는 두 가지 길

신과 함께할 수 있는 두 가지 길이 있다.
신을 믿는 길,
그리고 신을 아는 길.
신을 믿는 사람들은 대개
신이 자기 밖에 있다고 여기며,
자기의 믿음을 뒷받침하기 위해
신을 인격화하는 경향이 있다.
신을 믿는 사람들에게는
신을 나타내는 예수나 크리슈나가 필요하다.
그들은 마음의 수준에서 살아간다.
그들은 신을 믿지만, 신을 모른다.
신을 아는 사람들은
모든 것에서 신을 보며 신을 경험한다.
그들은 신과 연결되는 근원이 자기 안에 있으며,
지금 이 순간이라는 성스러운 입구를 통해
신의 세계로 들어간다는 것을 안다.
또 하나의 가능성이 있는데, 여기에서는
아는 자와 알려지는 것이 완전한 침묵 속으로 사라진다.
남아 있는 것은 하나임뿐이다.
영원한 **현존**. 영원한 **있음**.

지금 이 순간

지금 이 순간은 **영원**으로 가는 입구다.
존재의 영원한 차원으로 깨어나면
당신의 삶이 완수된다. 영혼의 여행이 끝난다.

·　　·　　·

두 개의 세계가 있다.
신의 세계, 지금 이 순간의 세계.
그리고 마음의 세계, 기억된 과거와 상상된 미래의 세계.
두 세계 모두 한없이 넓지만
실재하는 세계는 하나뿐이다.

·　　·　　·

나는 친구이며 안내자다. 나는 당신이
마음의 미로와 끝없이 재잘거리는 생각에서 **빠져나와,**
내면에 있는 깊고 지속적인 침묵의 자리에 이르도록
안내할 수 있다. 이 침묵은 당신 존재의 한가운데에 있다.
그것은 당신의 참된 바탕이다.
그것은 참된 사랑과 참된 힘의 근원이다. 그것은
당신이 완전한 헌신과 내맡김으로 신 앞에 서 있는
고요한 기도의 자리다.

현존의 간단함

현존하는 것이 얼마나 간단한 일인지를
깨닫는 것이 꼭 필요하다.
지금 이 순간은 언제나 여기에 있으면서 당신을 기다린다.
지금 이 순간은 생각의 세계에 빠지는 대신,
지금 여기에 있는 것과 함께 현존하도록
당신을 끊임없이 초대한다.

·　　·　　·

지금 이 순간으로 사랑과 감사를 더 많이 가져올수록
지금 이 순간은 숨겨진 보물을 더 많이 드러낼 것이다.

·　　·　　·

깨어남은 올바른 이해로 시작한다.
하지만 당신이 깨어날 때 그것은 이해의 너머에 있다.

유일한 순간

당신에게 늘 주어지는 유일한 순간은
지금 이 순간이다.
다른 모든 것은 생각의 힘을 통해 접근하는
기억이나 상상이다.

· · ·

마음과 끝없이 재잘거리는 생각에서 빠져나오는
유일한 길은
자기를 여기로 데려와
이 순간 당신과 함께 여기에 있는 어떤 것과 현존하는 것이다.

· · ·

깨어남은 챔피언들을 위한 여행이다.
그것은 늘 편안하기만 한 여행이 아니다.
그것은 자기 자신을 모든 수준에서 만나는 여행이다.
그것은 무의식 속에 묻혀 있던 자기의 모든 면을
드러내고 알아차리는 여행이다.
예수가 말했듯이,
"감추어진 것은 모두 드러날 것이다."

여행

한 남자가 내면으로 깊이 잠겨 들었다.

"좋습니다!" 안내자가 말했다.

남자는 어린 시절뿐 아니라 지금껏 살면서 겪은

모든 경험을 거쳤고, 마침내 과거에 일어난

모든 일을 하나하나 회상하고 의식하게 되었다.

그는 자신이 어디에서 길을 잃었는지 알 수 있었다.

자신이 어디에서 상처를 입었는지 볼 수 있었고, 치유되었다.

"이제는 도울 수 있습니다!" 남자가 말했다.

"누구를 말입니까?" 안내자가 물었다.

"치유가 필요한 사람들을요." 남자가 말했다.

"계속 나아가십시오." 안내자가 말했다.

그래서 남자는 계속 앞으로 나아갔다.

그는 전생들을 여행했다. 그는 전생에 자신이 어떤 사람이었는지

알고서 무척 놀랐다. 그는 심령의 영역들을 지났는데,

그곳에 있는 존재들이 그를 몹시 간섭하고 혼란스럽게 했다.

의식이 완전히 깨어 있지는 않던 그들은 그가 진정 누구인지

알지 못했다. 그는 자기 꼬리를 물려고 빙빙 도는 개처럼,

또는 끊임없이 자기의 그늘만을 좇는 사람처럼

끝없는 마음의 미로에서 길을 잃고 영원히 헤맬 뻔했다.

하지만 그는 모든 충동을 신뢰했다.

그는 모든 것을 차근차근 주의 깊게 조사했다.

그리고 드디어 빠져나오는 길을 발견했다.

여행…

"저는 살아남았고, 이제는 도울 수 있습니다!"
"누구를 말입니까?" 안내자가 물었다.
"길을 잃은 사람들을요." 남자가 답했다.
"계속 나아가십시오." 안내자가 말했다.
"하지만 두렵습니다!" 남자가 말했다.
"끝까지 가 보세요." 안내자가 말했다.
"제가 살아남을 수 있을까요?" 남자가 물었다.
"모릅니다." 안내자가 대답했다. 그래서 남자는
계속 나아갔고, 이런저런 영역들과 차원들을 거쳤다.
그는 첫 사람 아담을 경험했다. 그는 아담 이전의
동물들을 경험했다. 그는 십자가 위의 그리스도를
경험했으며, 많은 계시가 펼쳐졌다.
그는 그리스도를 넘어 신들의 세계로 들어갔다.
그는 너머를 보았고 모든 것을 이해했다.
그는 땅 위의 천국으로 완전히 들어갔다.
"주요 종교들의 한계들을 간파했습니다." 남자가 말했다.
"그리스도가 한 말의 참된 의미를 깨달았습니다.
예수에 관한 진실이 계시되었습니다. 이제 부활이
완료되었습니다. 이제는 많이 도울 수 있습니다!"
"누구를 말입니까?" 안내자가 물었다.
"진실을 찾는 모든 사람을요." 남자가 말했다.
"환상의 베일을 꿰뚫어 볼 사람들을 말입니다!"

여행…

"계속 나아가십시오." 안내자가 말했다.

"제 앞에는 아무것도 없습니다." 남자가 말했다.

"그 없음으로 완전히 들어가십시오." 안내자가 말했다.

"하지만 없음으로 완전히 들어가려면, 이제까지
제가 배우고 얻은 것을 모두 포기해야 할 겁니다."
남자가 울먹였다. "전부 다 말입니다."

"그렇습니다." 안내자가 말했다.

"그것들을 영원히 잃을까요?" 남자가 물었다.

"아마도!" 안내자가 대답했다.

그래서 남자는 없음으로 완전히 들어갔다.

그는 없음으로 가득해졌고, 그는 없음이었다.

사랑은 없음에서 일어나서 없음으로 돌아갈 것이다.

진실은 없음에서 일어나서 없음으로 돌아갈 것이다.

남자는 아무것도 붙들지 않았고,

따라서 아무것도 남지 않을 것이었다.

그런데 없음의 한가운데에 신이 있었다.

"제가 없음 안에 있을 때, 신은 모든 것 안에 있습니다."
남자가 말했다. "서는 신을 빌견했고,
이제는 정말로 섬길 수 있습니다."

"누구를 말입니까?" 안내자가 물었다.

"물론 신이지요!" 남자가 대답했다.

"좋습니다!" 안내자가 말했다. "이제 편히 쉬세요."

오직 한 순간뿐

많은 순간이 있는 것이 아니다.
오직 하나의 순간만 있다.
그것은 지금이라는 영원한 순간이다.
모든 것은 영원한 지금 안에서 일어나고 있다.
이 순간 안에서 사람들은 걷고, 새들은 날고,
잎들은 떨어지고, 꽃들은 피어나며,
그 모든 것은 지금이라는 영원한 순간 안에서 일어나고 있다.

• • •

지금 이 순간은 이미 여기에 있다.
그것을 찾으려 하면 놓칠 것이다.
잡으려 하면 지나칠 것이다.
그것을 기억하면 그것과 단절될 것이다.
당신은 이미 깨어난 **존재다.**
그저 편안히 쉬면서
무엇이든 이 순간 자신과 함께 있는 것과 현존하라.

환상

생각들은 우리를 환상 속으로 데려간다.
믿음들은 우리를 환상 속에 가둔다.

• • •

현존하려고 애쓰지 말라.
그저 부드럽게 이완하며
이 순간 자신과 함께 여기에 있는 것에
주의를 기울여라.
생각을 멈추려 하지 말라.
그저 자기를 지금 여기로 데려오면
생각이 멈출 것이다.

세 가지 질문

깨어날 준비가 된 사람들에게
더없이 귀중한
세 가지 질문이 있다.

나는 누구인가?
나는 어디에 있는가?
나는 여기에서 무엇을 하고 있는가?

이 질문들에 대한 답변은
집으로 돌아가는 길을 찾는 데
도움이 될 것이다.

나는 누구인가?

현존의 가장 깊은 수준에서
나는 순수 의식이다.
나는 모습 너머의, 내용 너머의
순수 의식이다.
내가 말하는 순수 의식은
우주를 이루는 공간과 비슷하다.
공간은 존재한다.
공간은 모습이 없다.
공간은 무한하다.
공간은 늘 현존한다.
별들은 태어나고 죽지만, 공간은 그대로 있다.
행성들은 오고 가지만, 공간은 그대로 있다.
모든 것이 태어나고 죽지만, 공간은 그대로 있다.
영원히.
변함없이.
영향받지 않은 채.

나는 누구인가?…

가장 깊은 수준에서, 당신은 이와 같다.
깨어난 **현존**의 가장 깊은 수준에서
당신은 순수 의식의 고요한 **현존**이다.
경험들이 온다. 경험들이 간다.
그러나 **현존**의 가장 깊은 수준에서
당신은 그대로 있다.
고요히, 변함없이, 영향받지 않은 채.
감정들이 일어난다. 감정들이 가라앉는다.
하지만 가장 깊은 수준에서 당신은 그대로 있다.
고요히, 변함없이, 영향받지 않은 채.
새해들이 온다. 새해들이 간다.
하지만 가장 깊은 수준에서 당신은 그대로 있다.
고요히, 변함없이, 영향받지 않은 채.
생애들이 온다. 생애들이 간다.
하지만 가장 깊은 수준에서 당신은 그대로 있다.
고요히, 변함없이, 영향받지 않은 채.
현존의 가장 깊은 수준의 자기를 아는 것은
자기 자신이 **영원함**을 아는 것이다.

나는 어디에 있는가?

가장 깊은 수준에서 나는 순수 의식이다.

나는 고요한 **현존**이다.

그런데 지금 나는 어디에 있는가?

두 가지 가능성이 있다.

나는 지금 이 순간 안에 있거나 마음속에 있다.

현존할 때 나는 신의 세계에 있다.

지금 이 순간 나와 함께 있는 것과 순간순간 관련되며….

마음속에 있을 때, 나는 현존하지 않는다.

나는 기억된 과거나 상상된 미래 속 어딘가에 있다.

나는 생각과 기억, 상상의 세계에 있다.

나는 개념과 관념, 견해와 믿음의 세계에 있다.

나는 생각하는 마음의 세계에 있다.

나는 지금 여기에 있지 않으며,

내가 경험하는 것은 실제가 아니다.

그것은 환상이다.

그것을 실제라고 믿으면,

나는 환상의 세계에서 길을 잃는다.

나는 여기에서 무엇을 하고 있는가?

나는 마음의 과거와 미래 세계에서
지금의 세계로 깨어나기 위해 여기에 있다.
나는 두려움에서 사랑으로 깨어나기 위해 여기에 있다.
나는 분리되어 있다는 환상에서
신과의 하나임으로 깨어나기 위해 여기에 있다.

· · ·

여기에 있는 유일한 목적은
여기에 있는 것이다.
여기에 있는 영혼의 목적은
여기에 있는 것이다.

· · ·

나의 참된 집은 지금 이 순간의 세계다.
조건 없는 사랑과 받아들임이라는
열리고 확장된 상태로 완전히 현존할 때,
나는 집에 있다.
나는 에덴동산인 집에 있다.
나는 땅 위의 천국인 집에 있다.
나는 신과 함께 집에 있다.

자유 의지

우리에게는 자유 의지가 주어졌는데,
이는 우리에게 선택할 자유가 있다는 뜻이다.
자유 의지의 핵심에는
근본적인 선택이 있다.
우리는 어떤 세계에서 살기를 선택하는가?
우리는 지금 이 순간의 세계에서 주로 살기를 선택하는가,
아니면 마음의 과거와 미래 세계에서 살기를 선택하는가?
앞의 선택은 진실, 사랑, 하나임으로 이어진다.
뒤의 선택은 환상과 분리로 이어진다.

•　　•　　•

당신이 현존하는 모든 순간,
우리 세계의 어둠이 조금씩 줄어든다.

지금 이 순간으로 들어가기

현존을 위한 단순한 열쇠가 있다.
지금 이 순간 자신과 함께 여기에 있는 어떤 것과 현존하도록
그저 자신을 데려오라.
만약 지금 이 순간 있는 그것을 볼 수 있다면,
그것과 함께 현존할 수 있다.
지금 이 순간 그것을 들을 수 있다면,
그것과 함께 현존할 수 있다.
지금 이 순간 만지고 맛보고 냄새 맡을 수 있다면,
그것과 함께 현존할 수 있다.

지금 이 순간 자신과 함께 여기에 있는 어떤 것과
참으로 현존하는 순간, 마음에서 빠져나올 것이다.
당신은 현존하게 될 것이다.
여기에는 단순한 원리가 작용한다.
마음은 본성상 과거와 미래 안에 존재한다.
만약 현존하는 것에 주의를 기울이면,
당신은 그렇게 하기 위해 마음에서 나와야 한다.
당신은 마음에서 벗어나려 노력하지 않는다.
생각을 멈추려고 애쓰지 않는다.
깨달으려고 노력하지 않는다.
그저 마음속에 빠지는 대신,
지금 현존하기를 선택할 뿐이다.

참된 깨어남

참된 깨어남은 지극한 행복이나 황홀경에 관한 것이 아니며,
심지어 깨달음에 관한 것도 아니다.
그것은 단지 환상에 빠지지 않고 현존하는 것이다.

•   •   •

신이 지금 이 순간 제공하는 모든 것을 즐겨라.
지금 이 순간의 풍부함과 풍요로움을 즐겨라.

현존하게 될 때

당신의 숨 쉬는 몸은 지금 이 순간 존재한다.
새의 노랫소리는 지금 이 순간 존재한다.
산들바람에 흔들리는 나무는 지금 이 순간 존재한다.
당신의 숨 쉬는 몸이나 새들의 노랫소리,
나무의 움직임과 함께 완전히 현존하면,
당신은 자기를 마음에서 데리고 나와
지금 이 순간으로 들어간다.
현존으로 가는 입구가 당신에게 열리면,
생각이 멈출 것이다.
마음은 침묵할 것이다.
편안히 이완하며 침묵으로 들어가라.
현존으로 깊어져라.
신이 지금 이 순간 당신에게 제공하는 모든 것을 즐겨라.
지금 이 순간의 가득함과 풍부함을 즐겨라.

현존 안의 토대

현존하는 법을 배워라.
매일 할 수 있을 때마다 현존하기를 기억하라.
현존으로 깊어져라.
현존에 더욱더 자리 잡아라.
그러면 지금 이 순간이 당신 존재의 토대가 된다.

•   •   •

이제까지 당신의 삶에서 일어난 모든 일은
당신을 깨우기 위해 고안되었다.

환상의 세계

우리가 주로 경험하는 삶은 환상이다.

그것은 과거의 기억과 미래의 상상에 기반한다.

그것은 당신의 모든 견해, 개념, 관념, 믿음들에 기초한다.

그것은 어떤 면에서는 존재하지만, 환상으로만 존재한다.

그것은 기억된 과거와 상상된 미래라는 마음의 세계다. 그것은
환상의 세계이지만, 우리는 그것을 삶의 진실로 여기게 되었다.

사실, 지금 이 순간 밖에는 삶이 없다.

지금 이 순간 밖에서 숨을 쉴 수 있는가?

지금 이 순간 밖에서 새들의 노랫소리를 들을 수 있는가?

지금 이 순간 밖에서 먼 산의 아름다움을 볼 수 있는가?

지금 이 순간 밖에서 삶을 사는 것은 불가능하다.

그런데도 우리는 모두 그렇게 한다.

우리는 지금 이 순간을 벗어나는 방법을 생각해 냈다.

우리는 과거의 기억과 미래에 관한 판타지를 위해

지금 이 순간을 버렸고, 그러면서

환상과 분리의 세계에 빠져 길을 잃어버렸다.

•   •   •

지금 이 순간 바깥의 모든 것은 당신의 이야기다.

당신의 이야기 속에서 당신은 누구인가?

지금 이 순간 완전히 현존할 때, 당신은 누구인가?

지금 이 순간은 과거가 없다

당신이 마음의 세계에 있을 때
과거의 경험들은 당신을 규정하고
자신이 누구라는 느낌을 갖게 한다.
하지만 그 느낌은 참된 당신의 진실이 아니며,
당신을 몹시 제한한다. 그 느낌에는
어린 시절의 두렵고 아픈 기억들이 낱낱이 담겨 있는데,
그 기억들은 이제 당신의 무의식적인 마음속에 깊이 묻혀 있다.
그 느낌에는 어린 시절 인격 형성기에 마음에 프로그래밍 된,
자기를 제한하는 모든 믿음이 담겨 있다.
그 느낌에는 어린 시절부터 당신 안에 쌓여 온 모든 억눌린 감정,
채워지지 않은 채 남아 있는 모든 필요가 담겨 있다.
당신은 이런 한계들을 극복하려 하면서
오랫동안 심리 치료를 받을 수 있다.
수많은 영적 길을 좇을 수 있다.
수십 년 동안 명상할 수도 있다.
아니면, 현존하기를 선택할 수 있다. 바로 지금!
지금 이 순간은 과거가 없다.
당신이 지금 이 순간으로 깨어날 때, 과거의 모든 아픔과
트라우마, 자기를 제한하는 모든 믿음이 녹아 없어진다.
현존할 때 당신은 온전하고 완전하다.
잘못된 것은 아무것도 없고,
빠진 것도 없으며, 바로잡아야 할 것도 없다.

완전한 현존

마음의 폭정과 속박에서 해방되면
당신은 어디에 있게 될까?
당신은 완전한 **현존**의 상태에 있을 것이다.
당신은 오감을 통해
지금 이 순간 자신과 함께 있는 것과
섬세하게 주파수가 맞추어질 것이다.
당신이 하나임으로 열릴 때,
이원성은 당신 안에서 완벽히 균형 잡힐 것이다.
당신 안에서 신의 마음과 신의 몸이 만난다.
천국과 **땅**이 만난다.
완전한 **현존**의 상태에 있을 때,
당신은 천국과 **땅**을 잇는 다리다.

•   •   •

당신이 신과의 하나임으로 열릴 때,
내면에서 앎이 떠오른다.
신이 알기 때문이다.

겨자씨

내면에서 **현존**의 꽃피어남은
예수가 말한 겨자씨의 비유와 같다.
처음에는 작고 미미할 것이다.
하지만 그것을 잘 보살피면
현존의 뿌리는 땅에 점점 더 깊이 박히고
현존의 가지들은 하늘로 점점 더 높이 뻗어 갈 것이다.
그러면 바람이 불고 비가 쏟아져도
당신을 **현존** 밖으로 끌어낼 수 없다.

•　　•　　•

당신이 현존하는 순간순간,
현존의 씨앗을 잘 보살펴라.

욕망

욕망은 당신을 미래로 데려간다.
당신은 미래에는 결코 충족될 수 없다.
오직 지금 충족될 수 있다.

．　．　．

더욱더 현존하면 점차 꿈에서 깨어날 것이다.
오직 지금 이 순간만이 당신을 충족시켜 줄 수 있음을
깨닫게 될 것이다.
꿈은 약속하지만, 결코 충족시켜 주지 못한다.
지금 이 순간은 어떤 것도 약속하지 않지만, 늘 채워 준다.

．　．　．

신은 지금 이 순간 있는 그대로 말고는 더 줄 것이 없다.
에고는 훨씬 많은 것으로 우리를 유혹할 수 있다.

충족

현존 안에서 더 많은 시간을 보내고,
지금 이 순간에 더욱 자리 잡을 때
내면 가득 충만함을 느끼기 시작할 것이다.
그것만이 진정으로 충족감을 느끼는 길이다.
지금 이 순간에 충족되면 마음의 무거운 짐들이 사라진다.
마음의 수준에서는 공허하다는 느낌이 있다.
채워지지 않는 결핍감.
그래서 당신은 충족되고 싶어 하지만,
자기의 바깥에서 충족을 추구한다.
당신은 미래에 충족되기를 추구하지만,
그것은 당신을 진정으로 만족시킬 수 없다.
미래의 충족을 추구할수록 충족의 참된 근원인
지금 이 순간에서 더욱 멀어질 뿐이다.
현존 안에 있으면 충만함을 느낀다.
지금 이 순간이 충만하기 때문이다.
지금 이 순간 속에 있을 때 당신은 존재의 풍부함 속에 있다.
새들의 노랫소리가 당신을 가득 채울 것이다.
태양의 따스함이 가득 채울 것이다.
산들바람의 시원함이 가득 채울 것이다.
어린아이의 웃음소리가 가득 채울 것이다.
호흡이 가득 채울 것이다.
당신에게 충족감을 줄 수 있는 것은
이 순간에 일어나는 이 가득함뿐이다.

현존의 본성

현존의 수준으로 깨어나면
억압하거나 거부하지 않는다.
판단하지 않는다. 투사하거나 부인하지 않는다.
변명하거나 방어하거나 합리화하지 않는다.
분석하지 않는다. 찬성하거나 반대하지 않는다.
허용한다. 사랑한다. 수용한다. 환영한다. 받아들인다.
이것은 **현존**의 본성이다. 그럴 수밖에 없다.
현존의 본성에 따라 행하지 않으면
현존의 세계에 머무를 수 없다.
그것은 심판이 아니다. 거부가 아니다. 그저 방출된다.
말과 느낌, 생각, 행위가 **현존**의 본성과
조화롭지 않으면, 당신은 **현존**에 머무를 수 없다.
현존은 자기의 본성과 조화롭지 않은 것을 방출해야 한다.
우리의 면역 체계는 이질적인 것을 방출하려 한다.
현존도 그렇다.

•   •   •

현존을 더 많이 선택할수록
지금 이 순간의 진실과 현실에 더 많이 자리 잡을 것이다.
지금 이 순간의 진실과 현실에 더 많이 자리 잡을수록
그런 평범한 순간들에 성스러움과
신성함을 더 많이 경험할 것이다.

내면의 침묵

마음이 더욱 침묵하면,
내면의 문이 열려
무한하고 영원한 침묵이 드러나도록 허용한다.
이 무한하고 영원한 침묵은
당신 존재의 본질이다.
그것은 당신의 참된 본성이다.
그것은 모든 존재의 본질이다.
그것은 순수 의식의 영원한 침묵하는 **현존**이다.
그것은 당신의 I AM*이다.
그것은 이 순간에, 오직 이 순간에만 존재하는
당신의 차원이다.
그것은 **하나임** 안에 존재하는 당신의 차원이다.

---

* 우리말에는 I AM에 정확히 대응하는 말이 없다. **현존**(Presence)과 동의어.
 I am은 '나는 있다' '나는 …이다' '나다'라는 뜻이 있다.— 옮긴이

참된 깨어남

참된 깨어남은
당신이 아닌 모든 것을 놓아주는 과정이 포함된다.
그런 것이 하나도 남지 않을 때까지.

· · ·

완전한 **현존**의 순간들에
내가 있다.
신이 있다.
그리고 온 존재가 축하하며 기뻐한다.

신의 일곱 가지 측면

평화. 사랑. 받아들임. 자비. 진실. 힘. 지성.
이것들은 신의 일곱 가지 측면이다.
깨어날 때 당신은 자기 안에서
신의 **현존**을 느끼기 시작할 것이다.
그리고 기쁘게도, **현존**으로 깊어질 때
신의 일곱 가지 측면이
자기를 통해 표현됨을 알게 될 것이다.

· · ·

오감을 통해 집중하고
지금 있는 것과 함께 완전히 현존할 때,
당신 안에서 여섯째 감각이 깨어나기 시작한다.
여섯째 감각은 앎의 감각이다.
앎은 그 순간에 일어난다.
앎은 침묵에서 일어난다.
당신은 어떻게 아는지 모른다.
당신이 무엇을 아는지도 중요하지 않다. 그냥 안다.
앎은 **현존**의 기능이다. 앎은 즉각적이며
언제나 그 순간에 이용할 수 있다.
지식은 마음의 기능이다. 지식은 과거의 것이다.
지식에는 생명이 없다. 앎을 지식으로 바꾸지 말라.

신의 몸

깨어날 때 알게 될 것이다.
이것이 땅 위의 **천국**이며
물질적인 모습으로 있는 모든 것은
신의 몸이라는 것을!

·　·　·

자신이 누구인지 알고 싶다면,
참된 거울을 들여다보라.
꽃은 당신의 아름다움을 비추어 줄 것이다.
하늘은 당신의 드넓음을 비추어 줄 것이다.
바다는 당신의 깊음을 비추어 줄 것이다.
어린아이는 당신의 천진함을 비추어 줄 것이다.
그러나 만약 무의식적인 인간들이라는 거울을
들여다본다면, 당신은 잘못된 거울을 들여다보고 있다.
그런 거울들에 비친 당신의 모습은
그들의 투사로 인해 왜곡될 것이다.

·　·　·

조만간 **현존**은 치유와 완료, 놓아줌이 필요한
당신 안의 모든 것을 떠오르게 할 것이다.

스승을 방문하다

한 남자가 머나먼 길을 여행하여
깨어난 스승을 방문했다.
"어떻게 하면 진실에 이를 수 있습니까?" 남자가 물었다.
"믿음을 버림으로." 스승이 대답했다.
"어떻게 하면 사랑에 이를 수 있습니까?" 남자가 물었다.
"분리되어 있다는 환상과 두려움을 버림으로."
스승이 대답했다.
"어떻게 하면 힘에 이를 수 있습니까?" 남자가 물었다.
"통제를 버림으로!" 스승이 대답했다.
"어떻게 하면 지성에 이를 수 있습니까?" 남자가 물었다.
"신에게 내맡김으로." 스승이 대답했다.
"어떻게 하면 신에 내맡길 수 있습니까?" 남자가 물었다.
"현존함으로." 스승이 대답했다.

모든 것, 없음

없음의 한가운데 모든 것이 있다.
모든 것의 한가운데에 없음이 있다.
그리고 모든 것과 없음의 너머에
신이 있고, 당신이 있고, 내가 있다.

•　　•　　•

깨어난 상태에서는 모든 것과 없음이
당신 안에서 완벽한 균형을 이룬다.
당신은 이것도 아니고 저것도 아니다.

•　　•　　•

나 자신인 I AM은 당신인 I AM과 다르지 않다.
오직 하나의 I AM만 있으며, 그것은 영원한 침묵하는 **현존**이다.
그것은 모든 개별성을 초월하는 순수 의식이다.
그것은 비개인적이고, 영원하며 침묵한다.
나는 그것이다. I AM.

•　　•　　•

참으로 현존할 때 당신은 주위의 모든 것을 비춘다.

바다와 물결

당신에게는 두 가지 차원이 있다.
당신의 영원하고 무한하며 비개인적인 차원이 있는데,
이것은 지금의 순간 안에 온전히 존재한다.
거기에는 움직임, 생각, 표현이 없다.
그저 영원한 침묵뿐. 순수 의식.
당신의 개인적인 차원도 있는데,
그것은 당신의 독특한 개별성을 반영하며
시간의 세계에서 표현한다.
당신의 비개인적이며 영원한 차원은
고요하고 잔잔한 바다와 같다.
당신의 개인적인 차원은 물결과 같다.
물결은 바다의 한 표현이며,
물결 하나하나는 저마다 독특하게 개별적이지만,
물결 하나하나는 무한하며 영원한 바다의 표현이다.

•　　•　　•

깨어난 상태에서, 마음은 완벽하게 침묵하거나
완벽하게 분명한 표현 수단이다.

모세의 참 메시지

모세는 산에 두 번 올라갔으며
그때마다 신에게서 메시지를 받았다.
한 번은 십계명을 받았다.
신은 아직 **약속의 땅**으로 들어가지 못한
사람들을 위해 십계명이라는 율법을 주었다.
이런 사람들에게는 살면서 따라야 할
율법과 도덕률을 소개하기 위해 십계명이 필요했다.
당시에 살던 사람들이 겪고 있던
고통을 덜어 주기 위해 십계명이 필요했다.
하지만 유대인이든 다른 사람이든 신을 직접 체험하여
신의 숨겨진 세계로 깨어나면,
십계명은 더이상 필요하지 않다.
십계명은 무의미해진다.
이제는 우주의 법이 적용되며
그 법은 내면으로부터 적용된다.
깨어난 존재에게는 윤리나 도덕률이 필요 없다.
그런 사람은 모든 것이 신성한 하나라는 깊은 인식과
사랑이라는 우주의 원리에 의해 다스려진다.
깨어 있는 사람은 늘 열려 있음과 정직, 온전함으로 행한다.
깨어 있는 사람은 늘 사랑으로 행한다.
깨어난 존재가 다른 식으로 행할 수는 없다.
그것은 그의 본성이다. 그녀의 본성이다.

모세의 참 메시지…

다른 때에 모세가 신에게서 받은 메시지는
전혀 다른 종류의 것이었다.
자기 백성을 속박에서 해방하기 위해
막 산에서 내려오려던 모세는 신에게 물었다.
"누가 저를 보냈다고 말할까요?"
신이 준 답변은 인류의 영적 역사상
가장 순수한 메시지 가운데 하나다.
"나는 I AM이다.* I AM이 너를 보냈다고 말하라."
깨어나지 않은 사람에게는 이 말이 아무 의미가 없다.
하지만 깨어난 사람에게는
'나는 I AM이다'라는 이 단순한 말에
심오한 영적 의미가 담겨 있다.
이것은 가장 거룩한 말씀이다.
이것은 신의 **현존**의 가장 순수한 선언이다.

---

* I AM that I AM. 마음으로는 결코 알 수 없는 신의 본성에 관한 신의 선언이다.
I AM에 관해서는 46쪽의 각주 참고. (사족을 붙이자면) 나는 I AM이다. 나는
현존이다. 나는 있는 모든 것이다. 경험들은 수없이 많지만, 경험자는 나 하나뿐
이다. 나만이 존재한다. 나는 늘 지금 여기에 현존한다. 나는 존재 자체이며 존
재 전체다.—옮긴이

풍요의 법칙

지금 이 순간의 풍요로움을 알아보고 감사하면,
당신의 삶은 계속 풍요로울 것이다.
반면에 이미 여기에 있는 풍요로움을 알아차리지 못하고
자신이 지금 갖지 않은 것에 관심을 기울이면,
당신의 삶에 결핍과 박탈이 생길 것이다.
외부 세계는 내면세계를 반영한다.
만약 당신의 내면세계가
현존에서 떠오르는 사랑과 감사, 평화로 가득하면,
어떠한 외부 세계가 드러날 것 같은가?
만약 당신의 내면세계가
두려움과 갈등, 자기에 대한 부정적 판단,
그리고 과거에서 온 모든 제한하는 믿음과
억눌린 감정으로 가득하면,
당신의 삶에 어떠한 외부 세계가 드러날 것 같은가?

과거는 가 버렸다

만약 부모에게서 받지 못한 사랑과 받아들임을
다른 사람들에게서 받으려고 하는 노력을 멈추면,
지금 당신에게 주어진 것들에 눈을 뜰 것이다.
불완전한 과거를
분노와 후회, 비난, 죄책감이나 원망으로 돌아보면,
지금 여기에서 당신을 기다리는 보물들을 보지 못하게 된다.
과거는 가 버렸다.
미래는 결코 도착하지 않는다.
그저 지금 여기에 있으면서,
지금 이 순간이 제공하는 모든 것을 즐겨라.

•   •   •

지금 가진 것에 감사하는 사람들에게는
더 많은 것이 주어질 것이다.

이 순간의 풍요로움

지금 이 순간에 자기를 내맡겨라.

지금 이 순간은 당신을 기쁨으로 가득 채울

보물들을 늘 한없이 제시한다.

먼 산 너머로 뉘엿뉘엿 지는 해.

구름 한 점 없이 맑은 하늘로

날아오르는 새.

기슭에 철썩철썩 부딪히는 파도들.

흐르는 강물.

갓 피어나는 꽃 한 송이.

부드러운 빛을 뿌리며 바다 위에 떠 있는 보름달.

함박웃음을 터뜨리는 어린아이.

떨어지는 낙엽.

지저귀는 새.

천둥과 번개.

지나가는 연인들.

만약 지금 이 순간이 베푸는 모든 것에

완전히 열릴 수 있다면,

당신은 얼마나 충만할까?

미래에 충족되기를 추구할 필요가 있을까?

이미 지나가 버린 것들에 많은 관심을 기울일까?

지금 이 순간에 활짝 가슴을 열어라.

자기를 충족시켜라. 지금!

이 또한 지나가리라

큰 기쁨이 **현존**에서 저절로 일어날 것이다.
그럴 때는 그 기쁨을 붙잡으려고 하지 말라.
기쁨이 지나갈 때는 기쁨을 추구하지 말라.
그러면 지금 이 순간을 벗어나
과거나 미래에 빠지기 때문이다.
모든 경험은 일어나고 지나간다.
남아 있는 것은 경험하는 하나*다.
영원한 침묵하는 **현존**.
순수 의식. I AM.

 •   •   •

모든 순간 당신에게는 선택권이 있다.
당신은 여기에, 이 순간의 진실과 현실 안에 있겠는가?
아니면, 자신이 마음의 환상적인 세계에 몰입되도록
허용하겠는가? 현존하기를 더 많이 선택할수록
현존은 당신 안에서 더 많이 열릴 것이다.

 •   •   •

깨어남은 당신의 인간성을 부정하는 것이 아니다.
그것은 당신의 인간성에 헤아릴 수 없이 귀중한 것을 더한다.

---

* the One.

감사와 겸손

감사와 겸손으로 지금 이 순간에 다가가면,
지금 이 순간은 감추어진 보물을 드러낼 것이다.

•   •   •

깨어남의 길은
참된 자기가 되는 길이 아니다.
참된 자기 아닌 것이
되지 않는 길이다.

•   •   •

지금 이 순간, 당신은 모든 규정의 너머에 있다.
이는 당신이 더는 과거의 아픔과 제한에 의해
규정되지 않음을 뜻한다.
당신은 더는 자기의 판단과 견해, 믿음에 의해
규정되지 않으며, 남들의 판단과 견해, 믿음에 의해서도
규정되지 않는다.

환상의 창조

사실, 당신은 지금 여기 말고는 다른 어디에도 있을 수 없다.
지금 여기 외의 다른 어떤 곳에 있는 경험은 환상이며,
그 환상은 당신이 마음의 과거나 미래 세계로 들어가
거기에서 펼쳐지는 이야기에 동일시될 때 만들어진다.

• • •

참 스승은 내면에서 일어난다.
그것은 당신 존재의 한가운데에 있는
영원한 침묵하는 **현존**이다.
그것은 당신의 I AM이다.
그것은 순수 의식 자체다.

• • •

당신이 지금 이 순간을 떠나는 유일한 길은
여기에서 벗어나는 길을 생각하는 것이다,
그러면 당신은 어디로 갈까?
당신이 갈 수 있는 유일한 곳은
마음의 과거와 미래 세계다.

마음을 지켜보기

판단 없이 마음을 더 많이 지켜볼수록
당신을 지배하는 마음의 힘이 줄어들 것이다.

•   •   •

한번 지금 이 순간으로 깨어나면,
삶의 신비를 알아보기 시작할 것이다.
신이 현존하며, 신이 삶의 모든 순간에
깊이 관여함을 보기 시작할 것이다.

•   •   •

깨어 있는 사람은
시간의 과거와 미래 세계,
그리고 지금의 시간 없는 세계 사이에서
편안하게 흐를 수 있다.

•   •   •

깨어 있는 사람은 어떤 식으로든
다른 사람의 자유 의지를 침해할 수 없다.

지식에서 앎으로

깨어 있는 사람은 모르는 상태로 살지만
앎은 언제나 이용할 수 있다.
앎이 떠오를 때 그것을 마음으로 가져가
지식으로 바꾸지 말고,
그저 모름으로 돌아오라.
그러면 앎으로 들어가는 입구가 늘 열려 있게 된다.

・　　・　　・

깨어 있는 사람은
주로 지금 이 순간을 산다.
지금 이 순간은 언제나 삶의 진실로 인식되며,
마음속으로 들어가
시간의 세계에서 활동할 때도 그렇다.

마음

지금 이 순간에 자리 잡은
완전히 깨어난 존재로 있는 것은
당신의 자연 상태다.
하지만 대다수 사람은 이 깨어난 상태와 단절되어 있고
마음의 세계에 몰입되었다.
마음은 원래 표현의 도구로 쓰이기 위한 것이다.
우리가 지금 이 순간에 자리 잡으면,
마음은 우리가 **현존**과 단절되지 않으면서
그 깊고 영원한 침묵으로부터 표현하도록 허용한다.
마음은 또한 시간이 가능하게 한다.
우리는 마음을 써서 과거를 기억하고
미래를 상상할 수 있기 때문이다.
이는 우리에게 시간이라는 인상을 주는데,
그것이 거대한 환상이다.
생각이 우리를 마음속으로 너무 멀리 데려가서
우리가 마음속에 빠져 길을 잃지 않는 한,
생각하는 것은 아무 문제가 없다.
마음속으로 너무 멀리 들어가면
우리는 분리의 세계로 들어가며,
분리되어 있다는 느낌을 벗어나려 애쓰면서
남은 삶을 쓴다.

제한하는 믿음들

지금 이 순간과 단절되어
주로 마음속에서 활동하면,
삶과 관계에 큰 악영향이 미칠 수 있다.
당신은 "나는 혼자야, 나는 사랑받지 못해, 나는 무가치해,
나는 부모님이 원하는 자녀가 아니야,
나는 부족해, 나는 그것을 할 수 없어,
나는 안전하지 않아, 삶은 투쟁이야."와 같은
제한하는 믿음들을 무겁게 짊어지게 된다.

이런 제한하는 믿음들은
아주 어린 시절에 형성되며
만약 그 믿음들이 당신 안에서
의식되지 않은 채 남아 있도록 허용되면,
그것들은 당신의 여생 동안
당신에게 악영향을 미칠 것이다.
당신은 또한 화, 아픔, 슬픔, 채워지지 않은 욕구들,
두려움 같은 억눌린 감정들로 가득 찰 수 있는데,
그런 감정들도 과거에서 유래하며,
삶을 즐기지 못하도록 몹시 제한하고
자기의 모든 모습으로 존재할 능력을 심히 제한한다.

에고는 당신이 깨어나기를 바라지 않는다

에고는 당신이 깨어나기를 바라지 않는다.
에고는 당신이 깨어나기를 바라는 척 가장할 것이다.
에고는 당신이 모든 영적 서적을 읽고
모든 영적 길을 따르며
모든 영적 스승을 방문하게 할 것이다.
에고는 당신이 더욱 영적인 사람이 되기를 바란다.
하지만 만약 당신이 우연히 진실과 마주쳐서
현존으로 완전히 깨어날 가능성이 정말로 커지면,
에고는 거의 즉시
당신의 눈길을 다른 곳으로 돌릴 것이다.
에고는 당신이 깨어나기를 바라지 않는다.
당신이 깨어나면 더는 당신을 통제할 수 없을 테니.
에고는 더이상 책임질 수 없을 것이다.
참된 주인이 나타나면,
에고는 왕좌를 내주어야 할 것이다.

유혹

지금 이 순간을 벗어나 과거나 미래로 들어가도록
당신을 유혹하는 에고의 능력은 한이 없다.
에고는 원망, 비난, 복수, 죄책감, 기대, 화의 에너지를 이용해
당신을 과거로 데려갈 수 있다.
에고는 미래에는 충족될 것이라는 약속과
앞으로 일어날 일에 관한 생각을 이용해
당신을 미래로 들어가도록 유혹할 수 있다.

신의 세계는 지금 여기에 있는 것으로 한정된다.
당신은 그것을 이용할 수 없다.
그것은 당신을 조금도 나아지게 할 수 없다.
그러니 누가 신의 세계를 선택할까?
누가 마음 세계의 유혹에 저항할 수 있을까?
많지 않다.
축복받은 소수뿐.

해방의 길

매 순간 당신에게는 선택권이 있다.
현존하기를 선택할 수도 있고, 아니면
생각에 빠지기를 선택해 마음속에서 길을 잃을 수도 있다.
그것이 선택권이다. 깨어나려면 자신에게 그 선택권이
있음을 알아야 한다. 더욱더 현존하면 분리의 환상에서
점차 빠져나오며, 삶이 기쁨과 사랑, 진실, 자유로
가득해질 것이다. 당신은 **하나임**으로 열릴 것이다.
하지만 자신에게 그런 선택권이 있음을 아는 것만으로는
충분하지 않다. 그 뒤에는 **현존**을 직접 경험해야 한다.
현존은 마음을 초월해 있다. 한번 직접 경험해 보면,
내가 무슨 말을 하는지 알게 될 것이다.
그것은 단지 마음에 의한 이해만이 아닐 것이다.
그것은 **현존**과 침묵의 직접 경험일 것이다.
그러니 먼저 현존하는 법을 배워라.
현존하는 방법이 놀랍도록 간단하다는 것을 알게 될 것이다.
이 순간 여기에 당신과 함께 실제로 있는 어떤 것과
현존하도록 자기를 데려오기만 하면 된다. 그렇게 단순하다.
지금 이 순간 보고 듣고 느끼고 맛보고 만지고
냄새 맡을 수 있다면, 그것과 함께 현존할 수 있다.
지금 이 순간 당신과 함께 여기에 있는 것과
정말로 현존하는 순간, 생각은 멈추고 마음은 침묵하며,
당신은 지금 이 순간 안에 있게 될 것이다.

해방의 길…

하지만 그것으로도 충분하지 않다.
대다수 우리는 생각에 너무나 중독되어 있고
마음속에서 사는 것이 너무나 습관화되어 있어서
그 감옥에서 해방되는 게 그리 쉽지 않다.
이 때문에 두 번째 스텝이 필요하다.
두 번째 스텝에는 자신이 원하지 않는데도 **현존** 밖으로
끌려 나오는 모든 방식을 알아차리는 과정이 포함된다.
우리는 **현존**을 가로막는 모든 장애물을 알아차려야 한다.
이 장애물에는 에고의 저항, 자기 자신과 남들에 대한 판단,
어린 시절에서 온 모든 제한하는 믿음, 억눌린 감정,
그리고 우리가 사랑, 받아들임, 인정을 추구하면서
다른 사람들 안에서 자기를 잃는 모든 방식이 포함된다.
이 과정은 시간이 걸리지만,
첫 스텝인 현존 여부에 따라 달라진다.
이 두 스텝은 서로 의존한다.
첫 스텝은 **현존**으로 인도한다.
두 번째 스텝은 마음과 에고에 통달하게 한다.
두 스텝은 둘 다 참된 깨어남에 꼭 필요하다.
붓다나 **그리스도**처럼 완전히 깨어나는 것은
모든 사람의 운명이다.
그러나 우리는 하나의 종(種)으로서 너무나 길을 잃고 있어서
마음에서 빠져나와 **현존**으로 들어가는 길을 알아야 한다.
마음과 에고에 통달해야 한다.

에고와 올바른 관계

깨어나고 싶다면,
에고와 올바른 관계로 들어와야 할 것이다.
에고와 올바른 관계는 **현존**으로부터만 가능하다.

•   •   •

깨어나고 싶다면,
감정과 올바르게 관계하는 법을 배워야 할 것이다.
감정을 느껴라.
감정과 함께 현존하라.
스스로 책임지는 방식으로 감정을 표현하라,
하지만 감정에 엮인 이야기에는 관여하지 말라.

축하

삶의 모든 순간을 축하하라.
지금 이 순간이 당신에게 베푸는 모든 것을 축하하라.
신의 자연계의 아름다움과 풍요로움을 축하하라.
지금 이 순간 살아 있음을 축하하라.
사랑과 기쁨이 가슴에서 솟아오르게 하라.

•　　•　　•

지금 이 순간은 당신을 기쁨으로 가득 채울
보물들을 늘 한없이 제시한다.

•　　•　　•

현존함은 아주 친밀하다.
그것은 연애와 같다.
지금 이 순간과 그 안의 모든 것에 대한
사랑과 감사를 더 많이 표현할수록,
그것은 당신에게 더 많이 열릴 것이다.

끌어당김의 법칙

무엇을 생각하고 느끼든
당신은 그 모든 것을 자기의 삶에 끌어당길 것이다.
만약 부정적인 생각이나 감정이
무의식 수준에라도 있다면,
만약 부정적으로 행동한다면,
당신은 그런 부정적인 성질을 삶에 끌어당길 것이다.
불친절하게 행동하면,
불친절한 사람들을 끌어당길 것이다.
다른 사람을 제한하려 하면,
제한받는 사람은 당신일 것이다.
판단하거나 비판하면,
판단과 비판을 끌어당길 것이다.
화를 내거나 비난하면,
화내거나 비난하는 사람들을 끌어당길 것이다.
반면, 만약 당신 존재의 자연 상태인
사랑과 감사의 상태로 존재하면,
사랑과 풍요로움을 삶에 끌어당길 것이다.
만약 당신이 친절하고 배려하며 너그러우면,
많은 사람이 당신에게 친절하고 배려하며 너그러울 것이다.
당신이 다정하면, 친구들을 삶에 끌어당길 것이다.
이처럼 단순하다.
끼리끼리 끌어당긴다.

부인을 넘어

당신이 긍정적이면,
삶에 긍정적인 것을 끌어당길 것이다.
하지만 긍정적이려고 할 때는
부정적인 감정을 부인하지 않도록 매우 주의해야 한다.
만약 당신의 내면에 부정적인 감정들이 있다면,
그것들을 부인하고 그 위에 긍정적인 생각이나 감정을
덮는 것은 현명하지 않다.
그런 방식은 효과가 없을 것이다.
부정적인 감정들은 여전히 무의식 수준에서 존재하며
긍정적인 생각과 확언을 능가할 것이다.
그것들이 더 깊은 수준의 내면에 존재하기 때문이다.
더 효과 좋은 접근법은 내면에 억눌린
모든 부정적인 감정과 생각, 태도를 의식하는 것이다.
그것들을 부인하지 말라.
화, 미움, 원망, 비난, 죄책감, 질투, 탐욕과 같은
모든 부정적인 감정이 떠올라
의식의 빛으로 들어오도록 초대하라.
그런 감정들은 과거에서 온다.
그런 감정들은 지금 이 순간과 아무 관계가 없다.
그런 감정들을 인정하라. 알아차려라. 고백하라.
적어도 자기 자신과 자기 안의 신에게….
그런 감정들을 판단하지 말고, 없애려고도 하지 말라.

부인을 넘어…

그런 감정들은 이원성 안에 있는 삶의 불가피한 부분이다.
그런 감정들이 내면에 계속 갇혀 있는 까닭은
당신이 그것들을 부인하기 때문이다.
하지만 만약 이런 부정적인 감정들에
사랑, 받아들임, 자비의 에너지를 가져오면,
그런 감정들은 서서히 점차 사라질 것이다.
그런 감정들은 더는 당신을 통제하거나 지배하지 않을 것이다.
만약 긍정적인 것과 부정적인 것을 동등하게 여기면,
판단이 없을 때 그럴 수 있는데,
당신은 이원성 안에서 균형 잡힐 것이다.
그리고 긍정적인 것과 부정적인 것을 넘어설 것이다.
그러면 **하나임**으로 가는 문이 열릴 것이다.
당신은 이원성 너머의 **하나임** 안에서
사랑, 받아들임, 자비의 본성을 만날 것이다.
하나임으로 깨어나는 것은 당신이 여행하는 목적이다.
하나임 안에는 미움 없는 사랑, 거부 없는 받아들임,
환상 없는 진실, 아픔 없는 기쁨이 있다.
하나임 안에서 분리의 환상이 사라진다.

꿈에서 깨어남

이제까지 당신의 삶에 일어난 모든 일은
당신을 꿈에서 깨우기 위해 마련되었다.
가장 고통스럽고 힘든 경험들은 특히 그렇다.

•   •   •

참된 깨어남에는 자기의 모든 면을
사랑과 받아들임으로 껴안는 과정이 포함된다.
그동안 부정하고 숨기거나 고치려 한
자기의 모든 면까지….
이런 면들을 부정하면 그것들을 판단하는 것이며,
판단은 당신을 분리의 감옥에 계속 가두어 놓을 것이다.

•   •   •

당신의 삶에서 일어나는 모든 일은
깨어남을 위한 기회다.
예외는 없다!

감정들

감정들이 너무 괴롭거나 감당할 수 없어서 억누르면,
그런 감정들은 우리 안에서 무의식 수준에서 작용하며
우리 삶의 모든 면에 악영향을 끼친다.
감정들이 그런 힘을 가지게 되는 까닭은
우리가 감정들을 억누르고 부인하기 때문이다.
치유가 일어나려면, 과거에서 온 이런 힘든 감정들과
올바르게 관계해야 할 것이다. 감정들이 떠올라
의식되면서 책임지고 표현되도록 허용해야 할 것이다.

·　·　·

완전히 현존할 때 당신은 마음과 에고를 초월하며,
그래서 마음과 에고를 지켜볼 수 있다.
생각에 빠지지 않으면서 생각을 알아차릴 수 있다.

·　·　·

궁극의 유혹은 미래 어느 시점의 깨달음 또는 해탈의 약속이다.
깨어남은 결코 미래에 일어날 수 없다.
미래는 없기 때문이다. 오직 지금만 있다.
그리고 깨어남은 당신이 이를 깨닫고
모든 추구가 사라질 때 일어난다.

이야기로부터의 자유

깨어나서 근본적으로 현존하려면,
과거와 미래에서 해방되어야 할 것이다.
자기의 이야기에서 해방되어야 할 것이다.
지금 이 순간 바깥의 모든 것은 당신의 이야기다.
지금 이 순간 바깥의 모든 것은 당신의 꿈이다.

· · ·

깨어나고 싶다면, 이원성의 세계에서 균형 잡혀야 할 것이다.
이는 삶에서 판단을 넘어서야 한다는 뜻이다.

· · ·

깨어나고 싶다면, 자기의 에고를 알아야 할 것이다.
에고가 어떻게 작용하는지, 에고가 왜 작용하는지,
어떻게 하면 깨어남에 대한 에고의 저항을
극복할 수 있는지 알아야 할 것이다.

참된 책임

깨어나고 싶다면, 참된 책임을 껴안아야 할 것이다.
이는 당신이 마음속에 사로잡히는
모든 방식에 책임이 있다는 뜻이다.
당신은 자기의 생각에 책임이 있다.
당신은 어린 시절에 생긴 제한된 믿음들을
의식의 빛으로 가져와 놓아줄 책임이 있다.
당신은 과거에 자기 안에 억누른 감정들에 책임이 있다.
자기가 무엇을 원하고 무엇을 원하지 않는지를 알 책임이 있다.
자기를 분명히 표현할 책임이 있다.
이번 생애에서 깨어난 **현존**의 수준에 책임이 있다.
책임이 있다는 말은 당신이 더는
남 탓, 죄책감, 기대, 원망에 연루되지 않는다는 뜻이다.
무엇보다도 당신은 자신이 현존하는지,
아니면 마음속에 빠지는지에 책임이 있다.
매 순간 당신에게는 선택권이 있다.

침묵의 시험

깨어나고 싶다면, 깨어난 현존과
마음, 에고의 차이를 알아야 할 것이다.
단순한 시험이 있다.
그것은 침묵의 시험이다.
참으로 현존하면 마음이 침묵한다.
다른 모든 것은 당신의 마음과 에고다.

. . .

점점 더 현존하는 동안,
과거에 대한 우리의 유일한 관심은
과거에서 놓여나는 것이다.

여행

여행은 여기에서 여기로의 여행이다.
당신이 도착할 수 있는 유일한 때는 지금이다.

．　　．　　．

깨어나고 싶다면, 설거지를 할 때도 현존하라.

．　　．　　．

깨어나서 완전히 현존한 뒤에야
자신이 현존하지 않았음을 깨달을 것이다.
깨어난 뒤에야
깨어 있는 꿈을 꾸며 잠들어 있었음을 깨달을 것이다.

．　　．　　．

사실, 지금 이 순간 바깥에는 삶이 없다.
조만간 우리는 모두 이 단순한 사실을 받아들여야 할 것이다.

아무도 당신을 화나게 할 수 없다

아무도 당신을 화나게 할 수 없다.
만약 어떤 사람의 말이나 행동이 당신을 화나게 한다면,
그것은 그저 당신 안에 억눌린 과거의 화를 촉발했을 뿐이다.
누구든지 당신의 화를 촉발하면 그 사람에게 고마워하라.
왜냐하면 그들은 당신 안에 여전히 묻혀 있던
화를 알아차릴 기회를 주었고,
그 화를 놓아 보낼 기회를 주었기 때문이다.
아픔도 마찬가지다.
당신 안에 억눌린 과거의 아픔이 없다면,
아무도 당신을 아프게 할 수 없다.
그 아픔을 느껴라.
그것이 과거에서 왔음을 알아차려라.
아마 그 아픔은 당신의 어린 시절에서 유래할 것이다.
누구든지 당신을 아프게 하는 사람에게 감사하라.
그들은 당신 안에 오래 머물면서,
현존에 근본적으로 자리 잡지 못하도록 가로막던
과거의 아픈 감정들을 알아차릴 기회를 주었기 때문이다.

화

화는 아무 문제가 없다.

화는 아름다운 감정이며

기쁨이나 웃음만큼 정당하고 풍부한 감정이다.

그러나 당신은 화를 억누르도록 교육받았다.

화를 내면 책망받았다.

표현되지 않은 화는 독약처럼 서서히 해를 끼칠 것이다.

중요한 것은

화를 표현하는 법을 아는 것이다.

다른 사람에게 화를 분출하지 말라.

당신의 화를 책임져야 할 사람은 아무도 없다.

그저 화를 표현하라.

베개를 두들겨 패라. 밖에 나가서 달려라.

나무에게 화를 표현하라.

화를 춤추어라.

화를 즐겨라.

표현되지 않은 화는 폭력으로 이어진다.

책임지는 방식으로 받아들여지고 표현된 화는

웃음으로 이어진다.

화를 책임지며 표현하기

화나 분노를 표현할 때는 스스로 책임지는 방식으로
표현해야 한다. 이런 감정들을 표현할 때
다른 사람은 아무도 끌어들이지 말라.
당신 안에 억눌린 화는 과거에서 왔다.
그 화를 놓아 보내, 더는 당신 안에
억눌려 있지 않게 하는 것은 당신의 책임이다.
만약 당신에게 화나 분노를 완전히 표현하도록 허용하면서도
전혀 영향받지 않을 사람이 함께 있지 않으면,
혼자 있을 때 이런 감정을 표현하는 편이 낫다.

•　　•　　•

알맞게 행동하면, 오랫동안 억눌린 화가
몇 분 만에 놓여날 수 있다.
그 화를 완전히 허용하고 받아들이면,
그 화가 일어날 때 계속 현존하면,
어린 시절에 생긴 모든 상처와 아픔이 몇 분 만에 놓여날 수 있다.

•　　•　　•

많은 사람은 내면에 억눌린 화를 기꺼이 놓아 보내려 하지 않는다.
그러는 단순한 이유가 있다. 만약 그들이 화를 놓아 보내면,
탓할 사람이 아무도 남지 않을 것이기 때문이다.

용서의 법칙

용서라는 문을 통해 과거를 떠난다.
용서라는 문을 통해 지금 이 순간으로 놓여난다.
용서라는 문을 통해 사랑이 가슴으로 들어온다.
이 생애나 다른 생애에서
당신에게 상처를 입힌 모든 존재를 용서하고
당신이 상처를 입혔을 모든 존재에게 용서를 구하라.
용서를 위해 기도하여
카르마의 빚에서 풀려나라.
무의식적이며 냉정한 당신의 생각과 말, 행위로 상처받은
사람들에게 아직 남아 있을 상처와 아픔이
완전히 치유되도록 기도하라.
그들이 치유되고 카르마의 빚에서 놓여나도록 기도하라.
자신이 치유되고 카르마의 빚에서 놓여나도록 기도하라.
용서는 당신의 잘못을 씻어 준다.
용서는 당신을 해방한다.
용서는 당신이 카르마의 빚에서 놓여나게 한다.

원인과 결과의 법칙

당신이 지금 삶에서 경험하는 모든 일은
당신이 과거에 한 생각과 말, 행위에 직접 기인한다.
당신이 지금 생각하고 느끼고 말하거나 행하는
모든 것은 당신의 미래에 영향을 미친다.
당신의 모든 선택이나 결정에는
필연적인 결과들이 따른다.
이런 식으로 당신은
자기 삶의 경험을 참으로 책임진다.
이것이 원인과 결과의 법칙이다.

카르마의 법칙

당신의 생각과 말, 행위에는 필연적인 결과들이 따른다.
이 결과에 따라 사는 것이 카르마의 법칙이다.
당신이 한 생애에서 카르마를 다 소진하지 않으면
카르마는 많은 생애로 분산될 수 있다.
만약 당신이 과거의 생애에서
잔인했거나 남을 지배했다면,
그 카르마의 빚이 다하거나 소멸할 때까지
많은 생애에 걸친 영혼의 여행을 통해
카르마의 빚을 갚아 나가야 할 것이다.
당신의 생각과 말, 행위로 인해
다른 사람들이 겪어야 했던 것을
카르마의 법칙에 따라 겪어야 할 것이다.
다른 사람을 가혹하게 비판했다면,
당신도 가혹하게 비판받을 것이다.
다른 사람을 거부했다면,
당신도 거부당할 수 있다.
다른 사람에게 폭력을 가하거나 학대했다면,
당신도 폭력과 학대를 당할 수 있다.
주는 대로 받을 것이다.
뿌린 대로 거둘 것이다.

카르마의 법칙…

카르마의 법칙은 벌을 주려는 것이 아니다.
카르마의 법칙은
당신의 불친절하고 무의식적인 행위를 당하는
상대방의 심정이 어떠한지를
당신에게 체험으로 가르치기 위한 것이다.
이는 결국 당신을 자비로 인도할 것이다.
카르마의 법칙은
당신의 선택들이 자신과 다른 사람들에게
어떤 결과를 가져오는지 보여 줄 것이다.
당신은 자기의 생각과 말, 행위를
점차 의식하게 될 것이다.
삶에서 사랑을 경험하고 싶다면,
자기의 생각과 말, 행위가
사랑으로 행해져야 함을 알게 될 것이다.
결국, 카르마의 법칙은 당신을
지고한 삶의 법칙 중 하나로 인도할 것이다.
예수는 그 법칙을 이렇게 표현했다.
"남에게 대접받고 싶은 대로 남을 대접하라."

카르마

카르마가 부정적인 현상인 것만은 아니다.
만약 당신이 사랑하고 친절하고
너그럽고 자비로웠다면,
그것은 앞으로 펼쳐질 당신의 삶에 반영될 것이다.
이 생애뿐 아니라 미래의 생애들에도….
그것은 당신의 다차원적 존재의
다른 영역들과 차원들에도 반영될 것이다.

채워지지 않은 욕망들

모든 욕망은 당신이
신과 지금 이 순간에서 멀어져
미래로 들어가도록 이끈다.
채워지지 않은 욕망이 있다는 것은
신이 당신에게 제공하는 것으로는
충분하지 않다는 미묘한 표시다.
어떤 면에서, 그것은
신과 지금 이 순간에 대한 미묘한 거부다.
당신은 신에게 만족스럽지 않다고 말하고 있다.
당신은 더 많은 것을 원한다.
당신은 욕망을 추구해야 할 것이다.
마침내 신의 세계는 너무나 풍족하여
더는 필요한 것이 없으며
모든 것이 있는 그대로 완전하다는 것을 깨닫기까지….

●　　●　　●

당신이 길을 잃는 까닭은
갈 곳이 있다고 생각하기 때문이다.
목적지나 도착지가 있다는 믿음을 버리면
길을 잃을 수 없다.
지금 이 순간에는 목적지가 없다.
오직 지금만 있다.

하나의 법칙

깨어난 존재는 모든 것이 **하나**임을 깨달으며 산다.
그는 신과의 **하나**임을 경험하며 산다.
깨어나지 않은 사람은 분리된 삶을 경험하며
환상의 세계에 살면서 분리를 극복하려고 한다.

. . .

"네 이웃을 너 자신처럼 사랑하라."[*]
왜냐하면 당신의 이웃은 당신 자신이기 때문이다.
당신의 이웃에는 모든 살아 있는 인간이 포함된다.
그들의 종교, 인종, 국적이 무엇이든 상관없이….
당신의 이웃에는 모든 산, 꽃, 나무,
모든 새, 동물, 바다 생물이 포함된다.
오직 **하나**만 있으며,
모든 것은 그 **하나**의 표현이다.

. . .

당신 존재의 본질은 무한하며 영원한 침묵이다.
그것은 당신의 참된 본성이다.
그것은 모든 존재의 본질이다.

---

[*] 레위기 19장 18절 등 성서에 나오는 구절.—옮긴이

사랑의 법칙

신은 사랑이다.
신의 살아 있는 **현존**을 경험하고 싶다면,
열린 사랑의 가슴으로 살아야 할 것이다.
사심 없는 사랑과 친절의 삶을
살아야 할 것이다.
자기 자신이 사랑이라는 것을
알아야 할 것이다.

· · ·

사랑은 주는 것이다.
사랑은 어떤 보답도 바라지 않는다.
사랑은 풍부하다.
사랑에는 어떤 결핍도 없다.
사랑의 힘보다 더 큰 힘은 없다.

당신은 사랑이다

현존할 때 당신은 촛불이 빛을 발하듯이 사랑을 발한다.
당신이 누구 혹은 무엇을 사랑하는지는 상관없다.
당신이 누구 혹은 무엇을 사랑한다면,
그것은 사랑하는 그 순간 당신이 사랑임을 뜻한다.
당신이 사랑하는 사람이 사랑스러울 수도 있지만,
사랑의 근원은 언제나 당신 안에 있다.
만약 누가 당신을 사랑한다면,
그 사랑을 개인적인 것으로 받아들이지 말라.
그것은 상대방이 사랑임을 뜻한다.
모든 것을 사랑하라.
개를 사랑하라.
아이들을 사랑하라.
나무들을 사랑하라.
아내, 남편을 사랑하라.
하지만 기억하라,
당신이 사랑하는 것은
당신이 사랑이기 때문임을….

사랑의 근원

마음의 과거와 미래 세계에 있을 때,
당신은 삶의 진실인 지금 이 순간과 분리되어 있다.
당신은 사랑의 근원과 분리되어 있다.
신과 분리되어 있다.
그래서 이제 당신은 외로움을 느낀다.
당신은 분리되어 있다고 느끼고,
분리되어 있다는 느낌을 벗어나고 싶어 한다.
당신은 외로움과 분리감을 느끼지 않도록
누가 당신을 위해 여기에 있어 주기를 원한다.
자기를 완전하게 해 주고 온전하다고 느끼게 해 줄 사람을
원한다. 사랑받고 받아들여지기를 원한다.
분리의 아픔을 벗어나고 싶어 한다.
그러나 효과가 없다.
자기의 바깥에서는 온전함을 찾을 수 없다.
자기의 바깥에서는 사랑의 근원을 찾을 수 없다.
자기 안에서 사랑의 근원을 발견해야 한다.
내면으로 들어가면, 자신이 진정 누구인지 발견할 것이다.
당신은 사랑의 존재다.
당신은 받아들임과 자비다. 당신은 판단이 없다.
당신은 신과 하나임의 표현이다.
당신은 자기 안에서 완전하며 온전하다.
당신이 분리되어 있다고 느끼는 것은
오직 마음의 환상적인 세계에 빠져 있을 때뿐이다.

다른 사람을 돕는 것

정말로 다른 사람을 돕고 싶다면,
그들이 더욱 현존하도록 도와라.
그들이 과거에서 해방되도록 도와라.
그들이 스스로 책임지도록 도와라.
그들이 어떻게 자기의 고통을
스스로 만들어 내고 있는지 보도록 도와라.
때때로 자기 잘못이 아닌데도 고통받는 무고한 존재들,
특히 동물들과 어린아이들을 볼 것이다.
주저하지 말라! 그들을 도와라.

필요로 하는 사랑

내가 현존하면, 나는 사랑이다.
당신이 현존하면, 당신은 사랑이다.
만약 내가 사랑이라면,
내가 왜 당신의 사랑을 필요로 하겠는가?
만약 내가 당신의 사랑을 필요로 한다면,
그것은 단지 내가 지금 이 순간에서 너무 멀리 벗어나
헤매고 있음을 뜻할 뿐이다.
나는 참된 나 자신의 진실과 단절되었다.
이제 나는 분리 속에 갇혔고,
분리의 고통을 벗어나기 위해
다른 사람들에게서 사랑을 찾으려 한다.
나는 더이상 현존하지 않으며,
내가 누구인지를 잊어버렸다.

사랑

현존의 수준에서의 사랑은
구름 한 점 없는 밤하늘에 떠 있는 보름달과 같다.
그 사랑은 모두에게 차별 없이 비친다.
그 사랑은 부드럽고 너그럽다.
그 사랑은 당신을 빛으로 감싸 안는다.
만약 당신이 사랑을 억누르거나,
차별하여 사랑함으로써
어떤 사람은 편애하고
다른 사람은 무시한다면,
당신은 자기의 본질인 **현존**의 순수한 사랑을
마음에 주어 사용하게 했다.
사랑을 이원성의 세계로 가져갔다.
삶에 미움을 초대해 사랑의 짝이 되게 했다.

  •   •   •

초월의 순간에는
사랑하는 자와 사랑받는 자가 사라진다.
남아 있는 것은 사랑뿐이다.

나누는 사랑

완전히 깨어 있고 현존할 때,
가장 큰 축복은
자기 안에서 일어나는 사랑을 나누는 것이다.
새로운 순간순간은
가장 풍부한 사랑의 기회를 선사한다.
아주 단순한 방식으로 사랑을 나눌 수 있다.
부드럽고 다정하라.
배려하며 친절하라.
평범한 방식으로 사랑하라.
어떤 보답도 바라지 않으면서….
삶은 당신에게 가장 귀중한 선물을 준다.
지금 현존하며 사랑을 나누도록
허용하는 선물을….

참된 친교

사람들과 함께 현존할 때 당신은
그들의 과거나 미래, 투사에 사로잡히지 않는다.
그들의 이야기에 사로잡히지 않는다.
만약 사람들이 당신과 함께 현존하면,
그들은 당신의 과거나 미래, 투사에 사로잡히지 않는다.
그들은 당신의 이야기에 사로잡히지 않는다.
당신과 그들은 이 귀중한 순간을 나누며
지금 여기에 있다.
이런 식으로 함께 현존할 때
우리는 참된 친교에 들어간다.
하나임으로 함께 들어간다.

참된 결정의 힘

대다수 우리는 확실히 결정하지 못하는 상태로 살아간다.
우리는 원하는 것을 결정하지 못하거나
심지어 원하는 것이 나뉘어 있을 수도 있다.
우리의 한 부분은 앞으로 나아가고 싶어 한다.
다른 부분은 돌아가고 싶어 한다.
우리의 한 부분은 직장을 떠나고 싶어 한다.
다른 부분은 떠나기를 두려워한다.
우리의 한 부분은 누군가와 함께 있고 싶어 한다.
다른 부분은 혼자 있고 싶어 한다.
우리는 원하는 것을 결정하지 못하고,
이러지도 저러지도 못하는 상태로 꼼짝할 수 없다고 느끼게 된다.
그러면 우리의 에너지가 막혀 버린다.
우리는 결정하지 못함으로 삶의 흐름을 가로막았다.
그래서 삶은 우리가 원하는 것을 줄 수 없다.
우리 자신이 무엇을 원하는지 모르기 때문이다.
삶은 우리에게 알맞게 응답할 수 없다.
우리가 모순되는 메시지를 보내면 삶이 응답할 수 없기 때문이다.
길을 걷다가 갈림길에 다다랐다고 가정해 보자.
왼쪽 길을 선택하면 해변으로 가게 될 것이다.
오른쪽 길을 선택하면 숲으로 가게 될 것이다.
당신은 그 자리에 서서 어느 길로 갈지 고민한다.
당신은 해변을 좋아하지만, 숲도 좋아한다.
당신은 결정하지 못하여 그 자리에 머물러 있다.

참된 결정의 힘…

그 자리에서 움직이지 못한다.
어느 한쪽 길을 결정하지 못하고 망설이는 한,
당신은 어느 곳으로도 가지 못할 것이다.
해변도 숲도 즐기지 못할 것이다.
설령 해변을 향해 걸어간다 해도
여전히 숲에 관해 생각하고 있을 것이다.
그러면 정말로 해변에 도착한 게 아니다.
당신의 일부는 여전히 숲에 있으며,
당신은 여전히 분열되어 있다.
참된 결정을 하라. 그러면 당신은 온전해질 것이다.
생명력이 다시 흐르기 시작하면
당신의 에너지도 막힘없이 흐를 것이다.
참된 결정으로 당신은 하나를 선택하며
다른 하나는 완전히 떨어져 나간다.
당신은 선택의 대안들 사이에서 오래 머물지 않는다.
참된 결정으로 당신은 마음에서 나와
지금 이 순간으로 들어온다.
참된 결정은 당신을 깨우며 힘을 준다.
그것은 신에게 이렇게 말하는 것과 같다.
"저는 지금 여기에 있습니다.
그리고 제가 무엇을 원하는지 압니다."
신은 안심할 것이다.
이제 신은 당신이 원하는 것을 줄 수 있다.

참된 결정

참된 결정을 하면 결과가 보장된다.
사실, 결과는 결정 안에 담겨 있다.
참나무가 도토리 안에 담겨 있듯이.

·   ·   ·

피해의식이 있는 사람은
결정하고 행동하는 대신 불평한다.

·   ·   ·

과거는 가 버렸고, 미래는 결코 도착하지 않는다.
오직 지금 이 순간만 있다.

·   ·   ·

시간을 초월하려면 현존하는 법을 배워야 할 것이다.
참으로 현존할 때, 당신은 과거와 미래를 초월한다.
시간 없는 의식 상태로 깨어난다.
하나임으로 회복된다.

혼자임

혼자라는 것은
육체적으로 혼자인 것과는 아무 관계가 없다.
혼자라는 것은
당신이 깊이 현존하여
과거나 미래에 더는 휘말리지 않는다는 뜻이다.
당신의 마음은 침묵한다.
과거는 사라졌고,
과거의 모든 상처와 트라우마도
흔적 없이 사라졌다.
자기 자신과 다른 사람들을 제한하는
모든 믿음도 녹아 없어졌다.
미래에 관한 걱정도 남아 있지 않다.

외로움 너머

외로움을 느낄 때마다
자기를 여기로 데려와
꽃이나 나무, 의자와 함께 현존하라.
무엇과 함께 현존하는지는 중요하지 않다.
당신과 함께 이 순간 여기에 있는 어떤 것과
참으로 현존하는 순간, 외로운 느낌은 사라질 것이다.
꽃, 나무, 의자의 **현존** 안에 있을 때,
어떻게 당신이 외로울 수 있겠는가?
지금 이 순간 안에 있는 모든 것은
자기와 함께 현존하자고 당신을 초대한다.

신은 우리를 버리지 않았다

신은 우리를 버리지 않았다.
우리가 신을 버렸다.
환상에 불과한 마음의 세계를 위해
지금 이 순간을 버렸을 때
우리는 신을 버렸다.

∙　　∙　　∙

당신이 온전히 현존할 때
당신의 마음은 침묵한다.
그 침묵 안에서
모든 영적 견해와 관념, 믿음이 사라진다.

∙　　∙　　∙

인간의 무의식*은 이 행성 위 모든 고통의 근원이다.
그것이 유일한 죄다.

＊　의식하지 않음.—옮긴이

중독

많은 중독이 있지만, 가장 큰 중독은
생각 중독이다.

. . .

고통은 당신을 꿈에서 깨우기 위해 마련되었다.
대다수 사람은 꿈에서 깨어나지 않는다.
그들은 꿈을 더 낫게 바꾸기를 희망하며
꿈속에 남아 있다.

. . .

자기의 이야기에서 해방되는 것만 해도 꽤 어려운 일이다.
그러니 다른 사람의 이야기에 사로잡히지 말라.

. . .

우리는 오직 **현존**을 통해서,
그리고 **하나임**을 깨달을 때만
자연계와 서로를 진정으로 존중하며 보살필 수 있다.

운명

하나임으로 완전히 깨어나는 것은
모든 사람의 운명이다.
붓다 혹은 그리스도로 깨어나
이 땅 위에서 사랑, 받아들임, 자비로
존재하는 것은 모든 사람의 운명이다.
당신의 운명은 피할 수 없다.
그것은 도토리에서 참나무가 나오듯이
불가피한 일이다.
유일한 질문은 '언제인가?'다.
지금으로부터 열일곱 번째 생애일 것인가,
아니면 지금일 것인가?

•   •   •

삶은 교실이다.
신은 선생이다.

•   •   •

정말로 깨달은 사람은 모든 사람을 동등하고 깨달았다고 본다.
비록 그들이 그 진실을 알아차리지 못해도.
이는 동물과 자연계로 확장된다.

나는 스스로 있다

모습과 모습 없음의 너머에서
나는 스스로 있다.
알려진 것과 모르는 것의 너머에서
나는 스스로 있다.
삶과 죽음의 너머에서
나는 스스로 있다.
창조와 파괴의 너머에서
나는 스스로 있다.
시작과 끝의 너머에서
나는 스스로 있다.
모든 것과 없음의 너머에서
나는 스스로 있다.

신은

신은 하나다.
신은 모든 것 안에 있는 하나다.
신은 현존하는 모든 것의 한가운데에 있는
침묵하는 **현존**이다.
모든 것은 신 안에 있고,
신은 모든 것 안에 있다.
신은 **영원한 있음**이다.
신은 영원한 침묵이다.
신은 영원한 사랑이다.
신은 모든 것이며, 신은 없음이다.
그리고 모든 것과 없음의 너머에서,
신이 있고 내가 있다.

·   ·   ·

영원한 영역에는 시간이 없어서 아무것도 변하지 않는다.
아무것도 태어나지 않고 죽지 않는다.
아무것도 나이 들지 않는다.

·   ·   ·

지금 이 순간은 신으로 가는 입구다.
지금 이 순간은 드러난 신이다.

신의 영원한 딜레마

신의 영원한 딜레마는
하나는 자기를 알 수 없다는 것이다.
자기 자신을 알려면
아는 자와 알려지는 것이 있어야 한다.
그런데 하나임 안에는
아는 자와 알려지는 것이 나뉘어 있지 않다.
그래서 신은 있는 모든 것으로서 영원히 존재하지만
자기가 존재하는지를 알지 못한다.
그저 있을 뿐!
나무는 존재하지만, 자기가 존재하는지를 알지 못한다.
산은 존재하지만, 자기를 알지 못한다.
그저 있을 뿐이다.
이 영원한 딜레마를 풀려면,
하나임에서 이원성으로 이동이 있어야 할 것이다.
정확히 이런 일이 일어났다.
그것은 시간 밖의 사건이었다.
그것은 시간을 창조한 사건이었다.
그것은 시간을 통해 펼쳐질 사건이었다.
하나로 존재했던 것이 이제는 둘로 존재할 것이다.
창조자와 창조물. 시작과 끝.
모든 것과 없음. 창조와 파괴.
아는 자와 알려지는 것.

신의 영원한 딜레마…

신의 몸과 마음은 하나였지만, 이제는 둘이다.
위와 아래가 하나였지만, 이제는 둘이다.
처음과 끝이 하나였지만, 이제는 둘이다.
빛과 어둠이 하나였지만, 이제는 둘이다.
모든 것과 없음이 하나였지만, 이제는 둘이다.
이것이 이원성의 성질이다.
하지만 누가 신을 대신해
이원성으로 들어가 여행할 것인가?
누가 영원한 지금을 떠나
시간의 세계로 들어가 여행할 것인가?
누가 신에게 봉사하기 위해 신에게서 분리될 것인가?
내가 그 여행을 자원했다. 당신 역시.
비록 그 일을 의식하거나 기억하지는 못해도….
우리의 임무는 이원성으로 들어간 뒤
하나임으로 돌아오는 길을 찾는 것이다.
우리가 돌아오는 순간,
신의 영원한 딜레마는 해결될 것이다.
우리가 돌아오는 그 순간,
신은 우리를 통해 자기를 경험할 것이다.

신의 영원한 딜레마…

하지만 우리는 길을 잃었다.
우리는 시간 속에서 길을 잃어버렸다.
우리는 이원성 안에서 균형을 유지하는 법을 몰랐다.
우리는 판단 속에서 길을 잃었다.
우리는 지금 이 순간과 단절되었고,
마음의 과거와 미래 세계에서 길을 잃었다.
우리는 지금 이 순간으로 돌아오는 길을 찾을 수 없었다.
아무리 노력해도 신으로 돌아오는 길을 발견할 수 없었다.
하나임으로 회복되려면, 판단을 초월하고
이원성이 균형 잡혀야 할 것이다. 우리는
과거와 미래로부터 지금 이 순간으로 깨어나야 한다.
그러면 하나임으로 가는 문이 열릴 것이다.
우리가 하나임으로 돌아갈 때 신의 영원한 딜레마가 해결된다.
신을 떠나 다시 신으로 돌아가는 우리의 여행에서
신은 우리를 통해 마침내 자기를 경험한다.

"신이시여, 저는 지금 여기에 있습니다.
제 눈을 통해 바라보십시오.
제 귀를 통해 들으십시오. 당신 자신을 보십시오!"

깨어난 현존의 가장 깊은 수준에서, 당신은
신을 자기에게 비추어 주는 순수 의식의 거울이다.
당신은 있음을 자기에게 비추어 주는 순수 의식의 거울이다.

우리는 실수를 저질렀다

이원성으로 들어가는 여행을 시작한 순간,

우리는 중대한 실수를 저질렀고,

시간의 처음부터 그 실수의 결과와 함께 살아왔다.

우리는 이원성으로 들어가는 첫 이동을

하나임에서 분리로 들어가는 움직임으로 경험했는데,

우리는 그것을 좋아하지 않았다.

우리는 그것을 판단했고,

신에게서 분리된다고 생각한 일을 판단하면서,

우리가 판단하는 바로 그것 안에 갇혔다.

하지만 그것은 첫 번째 이원성이 아니었다.

첫 번째 이원성은 사실 모든 것인 신으로부터

없음인 신으로의 이동이었다. 공(空)인 신으로!*

우리는 그 순간 이전에는 신과 연결되어 있다고 느꼈다.

우리는 신과 하나라고 느꼈다. 신의 **현존**으로 가득했다.

우리가 그때까지 알았던 것은 모든 것인 신이 전부였다.

없음인 신 또는 공(空)인 신의 경험으로의 갑작스러운 이동은

우리가 신에게서 분리되는 것으로 느껴졌다.

그것은 텅 빈 것처럼 느껴졌고, 그 텅 빔은 압도적이었다.

우리는 신에게 버림받았다고 느꼈다.

---

* 모든 것(everything)인 신, 없음(nothing)인 신 = 모든 것으로서의 신, 없음으로서의 신.—옮긴이

우리는 실수를 저질렀다…

그것은 알지 못하는 것에 대한 두려운 경험이었고,
우리는 그것을 거부했다.
만약 우리가 편안히 이완하며 침묵으로 들어가고
텅 빈 느낌을 받아들였다면,
모든 것인 신과 없음인 신의 이원성은 곧 균형 잡혔을 것이다.
그 뒤 우리는 그 이원성을 초월하고 편히 쉬면서,
모든 것인 신과의 동일시를 포함해
모든 동일시의 너머에 있는
더 깊은 있음의 수준으로 들어갔을 것이다.
그렇지만 우리는 모두 판단에 사로잡혔고,
여전히 텅 빔을 피해 달아나고 있다.
우리가 공(空)인 신을 피해 달아나고 있음을 깨닫지 못한 채.
완전히 깨어나고 싶다면,
편안히 이완하며 침묵으로 들어가야 할 것이다.
텅 빈 느낌을 받아들여야 할 것이다.
그 뒤 텅 빈 느낌은 가득한 느낌으로 변할 것이다.
당신은 침묵으로 가득하고, 평화로 가득하며,
없음 또는 공(空)으로 가득하다고 느끼기 시작할 것이다.
편안히 이완하며 침묵으로 들어갈 때,
당신은 모든 것인 신과 없음인 신이라는 이원성을 넘어설 것이다.
그 순간, 당신은 가장 깊은 수준의 하나임과 있음으로 깨어나며
분리되어 있다는 환상은 완전히 사라질 것이다.

분리의 아픔에서 벗어나기

우리는 내면에 깊이 묻혀 있는
분리의 아픔을 습관적으로 피한다.
이 아픔의 기원은 우리가 신에게서 처음 분리된 때로
거슬러 올라간다.
그것을 의식적으로 알아차리지는 못해도….
우리는 분리를 텅 빈 느낌으로 경험했는데,
그 경험은 곧 외로움을 불러일으켰고,
우리는 그 외로움을 더 두려워한다.
우리는 텅 빔을 피하고 분리의 아픔에서 벗어나는
전략을 많이 개발했다.
우리는 다른 사람들에게 사랑받고 받아들여지기를 추구하거나
자신이 괜찮다는 것을 증명하려 애쓰며 평생을 보낸다.
우리는 이 내면의 텅 빔을 피하려고 관계들로 들어간다.

분리의 아픔에서 벗어나기…

우리는 일상생활에서 몹시 바빠진다.
우리는 텔레비전을 너무 많이 본다.
내면에 깊이 묻혀 있는 아픈 감정들로부터
주의를 딴 데로 돌리는 방법은 아주 많다.
만약 주의를 딴 데로 돌리지 못하면,
음식, 마약, 알코올, 섹스, 도박 등에 의지하는데,
이는 곧 중독으로 바뀐다.
우리는 느끼기보다는 생각하기를 더 좋아하며,
그로 인해 온 인류가 생각에 중독되었다.
이제 우리는 생각을 멈추지 않는 마음속에 갇혀 있다.
텅 빔에서 벗어나려는 이 욕구로 인해
우리는 참된 자기의 진실, 신의 진실에서 더욱더 멀어지고
분리로 더 깊이 들어간다.
우리는 내면의 이 텅 빈 느낌과
올바르게 관계하는 법을 배워야 한다.
그 느낌을 피해 달아나는 행위를 멈추어야 한다.

텅 빔을 껴안기

눈을 감아라.

숨 쉬는 몸과 함께 깊이 현존하라.

당신 안의 텅 빈 느낌에 부드럽게 주의를 기울여 보라.

그 느낌이 당신의 몸속 어디에 있는가?

그 느낌을 가리켜 보라. 그 느낌을 느껴 보라.

그 느낌과 함께 현존하라. 그 느낌을 피해 달아나지 말라.

대신에, 당신이 그 느낌을 환영하고 있다고 느껴 보라.

이제 텅 빈 느낌이 자기의 몸을 통해

부드럽게 확장되기 시작함을 느껴 보라.

그 느낌은 당신의 다리와 발로 확장된다.

그 느낌은 몸의 앞면으로 확장된다.

위장, 명치, 가슴.

그 느낌은 이제 등의 아랫부분, 중간, 윗부분으로 확장된다.

이제 그 느낌은 팔 아래로, 손으로 확장된다.

이제는 목과 목구멍으로.

이제는 얼굴로.

이제 그 느낌은 머리 전체와 온몸을 가득 채운다.

이 확장은 온몸이 텅 빈 느낌으로 가득해질 때까지 계속된다.

하지만 당신은 더는 그 느낌을 피해 달아나지 않는다.

그러는 대신 그 느낌과 함께 현존한다.

텅 빔을 껴안기…

이제는 아래의 말을 크게 말해 보라. 하지만 부드럽게.
그것은 마치 온몸을 가득 채우는 텅 빈 느낌에게
현존으로부터 말하는 것과 같다.

"나는 텅 비었다. 그러나 이제 나는 가득하다.
나는 없음으로 가득하다. 나는 침묵으로 가득하다.
나는 평화로 가득하다. 나는 사랑으로 가득하다.
나는 공(空)으로 가득하다."

가득함을 느껴라. 그 뒤 침묵에게 이 질문을 하라.

"신이시여, 제가 느끼고 있는 게 그것입니까?
당신은 공(空)입니까? 당신은 침묵입니까?
당신은 평화입니까? 당신은 사랑입니까?
신이시여, 제가 느끼고 있는 것이 당신입니까?"

신의 대답은 즉각적이며, 그것은 마음이 아니라
당신 존재의 한가운데에 있는 침묵에서 떠오를 것이다.
그 뒤 편안히 이완하며 침묵으로 들어가라.
텅 빈 느낌과 분리된 느낌이 사라지고
하나임이 드러날 때,
내면에서 일어나는 감사를 느껴라.

공(空)

공(空)은 모습과 내용 너머의 순수 의식이다.
그것은 영원한 침묵하는 **현존**이다.
그것은 참된 당신의 진실이다.
편안히 이완하며 침묵으로 들어가라.
편안히 이완하며 공(空)으로 들어가라.
이제는 집에 돌아올 때다.

· · ·

모든 것과 없음은 이원성의 원형이다.
모든 것인 신을 알려면,
없음인 신이라는 입구를
통과해야 할 것이다.
모든 것과 없음의 너머에
신이 있고 내가 있다.

· · ·

없음의 한가운데에 모든 것이 있다.
모든 것의 한가운데에 없음이 있다.
내가 없음 안에 있을 때,
신은 모든 것 안에 있다.

편히 쉬어라

당신이 할 수 있는 것은 아무것도 없다.
그저 편히 쉬어라.
믿고 맡겨라.
삶이 당신 안에서 펼쳐지게 허용하라.
신이 당신 안에서 펼쳐지게 허용하라.

•　　•　　•

당신은 진정한 영웅이다.
당신은 신의 챔피언이다.
당신은 존재의 눈과 귀다.
당신은 자기의 소리를 듣는 강물이다.
당신은 자기 잎의 색깔을 보는 나무다.
당신은 자기의 향기를 맡는 꽃이다.

깨어나라. 그리고 자신이 누구인지 발견하라!

•　　•　　•

참된 미래는 지금 이 순간이라는 입구를 통해 펼쳐진다.
참으로 현존할 때 우리는 자기의 참된 미래를 불러온다.
자기의 가장 높고 가장 진화된 차원을 불러온다.

신은 실재한다

신은 실재한다. 신은 지금 여기에 있다.
마음속으로 너무 멀리 들어감으로써
우리는 신에게서 분리되었다.
현존하는 모든 것 안에 있는
신의 살아 있는 **현존**을 만나려면,
지금 이 순간의 실제 세계로 돌아가야 한다.

•　　•　　•

신은 본래 순수 의식으로 존재한다.
그것은 하나*의 의식이다.
그것은 텅 비어 있다.
그것은 가득하다.
그것은 밝다.
그것은 어둡다.
그것은 시작이다.
그것은 끝이다.
그것은 무한하다. 그것은 영원하다.
그것은 모든 생명의 근원이다.
그것은 모든 사랑과 기쁨의 근원이다.
그것은 **영원한 있음**이다.
그것은 영원한 행복이다.

---

* 　the One.

하인의 여행

생각하는 마음의 세계로 들어가 길을 잃음으로써
당신은 신을 떠나 여행했다.
당신은 기억된 과거와 상상된 미래라는
환상적인 세계를 위해
지금 이 순간이라는 신의 세계를 버렸다.
당신은 믿음을 위해 진실을 버렸다.
당신은 비현실을 위해 현실을 버렸다.
당신은 분리로 들어갔다.
당신은 사랑에서 분리되었다.
당신은 신에게서 분리되었다.
하지만 당신에게는 죄가 없다.
당신에게는 아무 잘못이 없다.
당신은 신을 떠나 여행하는
신의 사랑하는 하인*이며, 따라서
신에게 다시 돌아갈 수 있을 것이다.
당신이 다시 돌아올 때,
신은 마침내 자기를 알게 될 것이다.
그리고 돌아오면 당신은
신과의 하나임으로 회복될 것이다.

---

* 여기서 '하인'은 봉사하는 사람이라는 뜻으로 쓰이고 있다.—옮긴이

신에게 물어보라

나는 당신이 나를 믿기를 바라지 않는다.
내 말이 진실인지 아닌지, 신에게 물어보라
눈을 감아라. 숨 쉬는 몸 안에서 완전히 현존하라.
지금 이 순간 들리는 소리와 함께 완전히 현존하라.
자신이 고요한 **현존**임을 알라.
자신이 내면의 침묵임을 알라.
신은 내면의 침묵 그 한가운데에 존재한다.
내 말이 진실인지 아닌지, 침묵에게 물어보라.
당신이 신의 사랑하는 하인인지, 신에게 물어보라.
당신이 신을 떠난 것은 신에게 봉사하는 행위의 일부였는지,
신에게 물어보라. 당신이 신에게 어떤 식으로든
심판받거나 정죄되는지, 신에게 물어보라.
당신이 봉사로 인해 신에게 많은 사랑을 받는지,
신에게 물어보라. 신에게 봉사하는 당신의 사명이
언제 완수될 것인지, 신에게 물어보라.
이제 집에 돌아갈 때가 되었는지, 신에게 물어보라.
그리고 기다려라. 침묵하라!
신의 답은 침묵에서 떠오를 것이다.
신의 답은 눈에 보이는 모습으로 나타날 수 있다.
아니면 말의 형태로, 혹은 느낌으로 올 수 있다.
아무 답도 주어지지 않거든, 그것을 신뢰하라.
침묵이 답일 테니.

신에게 보내는 편지

오, 신이시여! 이제 알겠습니다.
당신은 제가 모든 있는 것과 연결되어 있던
영원한 사랑과 완전한 상태를 떠나기를 바라셨습니다.
당신은 제가 **영원한 없음**으로 들어가기를 바라셨습니다.
이를 위해서는 너무나 감당하기 힘든
놀라운 분리의 경험을 겪어야 했지만,
당신은 제가 그렇게 하기를 바라셨습니다.
당신은 제가 없음을 위해
모든 것을 포기하기를 바라셨습니다.
당신은 제가 영원한 어둠을 위해
영원한 빛을 포기하기를 바라셨습니다.
그런데 신이시여! 문제가 하나 있습니다.
시간이 지나면서 저는 에고를 키웠는데, 에고는
당신께서 제게 맡기신 역할에 만족하지 않습니다.
에고는 없음이기를 원하지 않습니다.
에고는 당신처럼 모든 것이기를 원합니다.
에고는 없음이 아닌, 의미 있는 존재가 되기 위해
많은 노력을 하고 있습니다.
신이시여, 에고는 오랫동안 저를 통제했지만,
이제 당신께서 원하시는 것을 알았으니,
제가 어찌 당신을 거부할 수 있겠습니까?

신에게 보내는 편지…

저는 없음일 수 있습니다.

당신께서 제게 원하시는 것이 그것이라면!

사실, 그건 그리 어렵지 않습니다.

저는 제가 완전히 현존할 때

마음이 침묵한다는 것을 알았습니다.

제가 노력하지 않아도 생각이 멈춥니다.

과거가 떨어져 나갑니다.

거기에는 미래가 없습니다.

비난과 죄책감, 두려움 같은 것들이 사라집니다.

제 안에는 아무것도 없습니다.

오직 순수 의식뿐. 고요한 **현존.**

당신께서 말씀하시는 없음이 이것인 것 같습니다.

그런데 신이시여, 그것이 무척 가득하게 느껴집니다.

제가 없음으로 가득하게 느껴집니다.

이처럼 완전히 현존할 때, 저는

당신께서 창조하신 세계의 아름다움에 압도당합니다.

저는 사랑과 감사로 넘쳐흐릅니다.

경외심과 놀라움이 끊이지 않습니다.

진실로 신이시여, 그것은 정말

바로 지금 땅 위에 있는 **천국**처럼 느껴집니다.

당신께서 원하셨던 것이 바로 이것입니까?

중심으로 들어오기

모든 경험은 이원성 안에 존재한다.
탄생과 죽음, 하나임과 분리,
창조와 파괴의 경험을 포함하여
먼저 이원성의 한쪽 측면을 경험하지 않으면
당신은 그 무엇도 경험할 수 없다. 간단히 말해,
차가움 없이 어떻게 뜨거움을 알 수 있겠는가?
짧음 없이 어떻게 긺을 알 수 있고,
가까움 없이 어떻게 멂을 알 수 있겠는가?
먼저 거부를 경험하지 않으면
어떻게 받아들임을 알 수 있겠는가?
먼저 슬픔을 경험하지 않으면
어떻게 행복을 알 수 있겠는가?
먼저 분리를 경험하지 않으면
어떻게 하나임을 알 수 있겠는가?
그것은 불가능하다. 그것들은 서로를 규정한다.
이원성의 긍정적인 면에 집착하거나
부정적인 면으로 여겨지는 것을 거부하면,
우리는 이원성 안에서 균형을 잃게 된다.
집착과 거부는 판단의 형태들이다.
판단은 우리를 중심에서 내보내는 원죄다.
판단은 분리로 이끌며 두려움을 만들어 낸다.
판단을 넘어서고 이원성 안에서 균형 잡힐 때,
하나임으로 가는 문이 우리에게 열릴 것이다.

현존은 당신의 자연 상태다

현존함은 당신의 자연스러운 존재 상태다.
현존을 떠나는 유일한 길은
지금 이 순간에서 빠져나오는 길을 생각하는 것이다.
그러면 당신은 어디로 갈까?
당신이 갈 수 있는 유일한 곳은
마음의 세계이며,
여기에는 과거의 기억, 미래에 대한 상상,
당신이 평생 쌓아 온 모든 개념, 견해, 관념, 믿음이 있다.
조심하라!
마음의 세계는 복잡하고 끝이 없는 미로와 같다.
거기에서 길을 잃는 것은 아주 쉬운 일이다.

$\bullet$ $\bullet$ $\bullet$

우리는 생각의 날개를 타고서
시간의 세계로 들어간다.
우리는 생각의 날개를 타고서
마음의 세계로 들어간다.

생각 중독

나는 생각에 잘못이 있다고 말하는 것이 아니다.
나는 마음 안에서 기능하는 것에
잘못이 있다고 말하는 것이 아니다.
문제는 우리가 생각을 멈출 수 없을 때 일어난다.
우리가 생각에 너무 중독되어 있어서,
이 멈추지 않는 생각은
우리를 마음속에 가두어 버린다.
우리가 마음 안에 갇힐 때,
거기에는 아주 강력한 교도소장이 있다.
그것은 우리의 에고다.

•　•　•

우리가 참으로 현존할 때는
생각이 없으며,
따라서 과거와 미래도
지금 이 순간에 하는 경험의 일부가 아니다.
현존할 때 우리는 지금 여기에 있는 것을 경험한다.
우리의 투사가 없고,
우리의 개념, 관념, 믿음, 견해가 없는 그것을….

변화를 받아들이기

편안히 변화를 받아들여라.
변화와 함께 흘러가라.
당신 주위의 모든 것이 변하고 있다.
유일하게 변하지 않는 것은 변화뿐이다.
삶에서 변화를 더 많이 받아들일수록
자기는 절대로 변하지 않는 존재임을 더 많이 알게 될 것이다.

∙　　∙　　∙

이해는 마음의 기능이다.
당신이 참으로 현존할 때는 이해가 없다.
이해해야 한다는 생각을 기꺼이 포기하려 하면,
그 자리에서 내적인 앎이 일어날 것이다.

∙　　∙　　∙

현존의 가장 깊은 수준에서는
과거에서 온 자아감이 없을 것이다.
당신이 모든 것의 **하나임**으로 들어갈 때
분리는 사라질 것이다.
현존하는 모든 것 안에서 신의 살아 있는 **현존**을 볼 때
당신은 경외감과 놀라움으로 압도당할 것이다.

깨어남

우리 대다수는 거의 언제나 마음속에서만 살고 있다.
마음속에 있을 때 우리는 과거나 미래 속 어딘가에 있다.
우리는 지금 여기에 있지 않다.
우리는 환상의 세계에 사로잡혀 있고,
에고는 우리 삶의 거의 모든 면을 통제한다.
우리 여행의 목적은
우리가 과거의 기억과 미래의 상상으로 이루어진
일종의 꿈속에서 길을 잃었음을 깨닫는 것이다.
우리는 꿈에서 삶의 진실로 깨어나기 위해 여기에 있다.
지금 이 순간을 통해 드러나는 삶의 진실로 깨어나기 위해….
우리는 과거와 미래에서 현재로,
환상에서 진실로,
분리에서 하나임으로 깨어나기 위해
여기에 있다.

모르는 것에 대한 두려움

깨어남의 큰 딜레마 가운데 하나는
꿈에서 깨어날 때 당신은 자신이 누구인지 모른다는 것이다.
깨어나기 전에 당신은 자신이 누구라는 느낌 또는 인식이 있지만,
그것은 당신의 제한하는 믿음들과
내면에 억눌린 모든 감정을 포함하여
당신의 과거에 의해 규정된다.
당신은 자기의 견해, 개념, 믿음들에 의해 규정된다.
하지만 현존할 때 당신의 마음은 침묵하며,
생각이 없으면 과거나 미래가 없다.
과거가 없으면, 제한하는 믿음들이 없으며
아픔이나 두려움도 없다.
하지만 당신은 자신이 누구인지를 더는 알지 못한다.
그리고 대다수 사람은 그 모름을 두려워한다.

깨어난 삶

이 땅 위에서 살아가는 깨어난 존재로서
당신은 침묵하고 현존하고 사랑하고 받아들이며 허용한다.
당신은 자비롭다.
당신은 두려움이나 판단이 전혀 없다.
당신은 과거의 모든 트라우마와 제한이 없고,
미래에 대한 모든 걱정도 없다.
당신은 평화롭고 고요하며 차분하다.
당신은 맑고 강하다.
당신은 내면에서 힘을 얻는다.
당신은 자연스럽게 즉시 반응한다.
당신은 감사하고 너그러우며,
이 세계의 비범한 풍요로움을 늘 알아차리며 산다.
당신은 하나임 안에 존재하며,
현존하는 모든 것 안에서 신의 살아 있는 **현존**을 느낄 수 있다.
당신은 이 땅 위를 가볍게 걸으며,
당신의 삶은 온전함과 은총을 보여 준다.

지금 이 순간

문제들을 해결하고, 제한들을 극복하고,
상처들을 치유하려고 애쓰면서 평생을 보낼 수도 있다.
그런데 그것들은 과거에 속하며,
지금 이 순간과는 아무 관계가 없다.
지금 이 순간으로 깨어나는 편이 훨씬 쉬울 것이다.
지금 이 순간에는 그런 제한들과
상처받은 감정들이 존재하지 않기 때문이다.

첫 단계

깨어남의 첫 단계는
자신이 깨어 있지 않음을 인정하는 것이다.
아픔을 치유하는 첫 단계는
그 아픔을 인정하는 것이다.
제한하는 믿음들에서 해방되는 첫 단계는
그런 제한하는 믿음들을 인정하는 것이다.
화에서 해방되는 첫 단계는
그 화를 인정하는 것이다.
두려움에서 해방되는 첫 단계는
그 두려움을 인정하는 것이다.
바로 지금 자신이 어떤 사람인지를
기꺼이 인정하려 하지 않으면,
결코 자유로워지지 못할 것이다.
그 모든 것을 인정할 때는
어떤 판단도 없이
사랑과 받아들임, 자비로 인정해야 한다.

천국을 땅으로

현존으로 깨어나면
당신은 신을 위한 탈것이 된다.
신의 뜻을 위한 도구가 된다.
당신은 땅 위에 천국을 능동적으로 가져오고 있다.

· · ·

당신이 하나임으로 깨어날 때,
영혼도 당신과 함께 하나임으로 깨어난다.
당신이 이 생애의 자기 이야기에서 해방될 때,
영혼은 많은 생애에 엮인 자기 이야기에서 해방된다.
이런 식으로 당신은 진정 당신 영혼의 챔피언이다.

진실이 드러난다

당신이 깨어날 때 현존의 의식은
점차 진실을 드러낼 것이다.
먼저 당신 자신과 당신의 삶에 관한,
다음에는 당신의 전생들,
그 뒤에는 당신 존재의 영적 수준과
영혼의 수준에 관한 진실을….
인간 의식의 집단적인 수준에 관한 진실도 드러낼 것이다.
마지막으로는 붓다, 크리슈나, 그리스도, 신,
그리고 영원한 영역들에 관한
신성한 계시를 보여 줄 것이다.

• • •

당신이 깨어날 때,
무의식적인 마음의 어둠 속에 감추어져 있던 모든 것이
점차 환히 비추어질 것이다.
강렬한 조명의 기간들을 경험할 텐데,
이때 환상에 대한 모든 믿음이 사라질 것이다.
당신은 서서히 그러나 반드시 깨닫게 될 것이다.
자신이 누구이며, 어디에 있는지에 관한 진실을,
자신이 여기에 있는 참된 목적을 알게 될 것이다.

분리의 끝

당신이 깨어날 때, 분리가 끝날 것이다.
당신은 시간의 세계에서 활동할 때도
지금 이 순간의 진실과 현실에 깊이 자리 잡을 것이다.
깨어남의 과정이 더욱 깊어짐에 따라
영혼의 더 높은 수준들이
물질적인 모습으로 들어올 것이다.
당신 존재의 영적 본질이 삶에 흘러 들어올 것이다.
당신은 신의 **마음**을 경험할 것이다.
무한한 빛으로 가득한
한없이 넓고 침묵하는 고요함으로서….
당신은 물질세계에 있는 모든 것을
신의 몸으로서 경험할 것이다.
하나의 **참된** 신의 살아 있는 **현존**으로 빛나는….
당신은 신의 순수한 본질을 경험할 것이다.
그것은 **사랑**이다.

우레 같은 박수갈채

현존으로 완전히 깨어나면
이 생애에서 영혼의 여행이 완료된다.
그것은 천국과 땅의 합일이다.
당신의 의식 안에서,
신이 하나임으로 드러난다.
보이지 않는 세계 전체가
그 사건을 축하하고 기뻐할 것이다.
천국에서만 들을 수 있는
우레 같은 박수갈채가 있을 것이다.
당신이 듣지 못한다 해도.

· · ·

신의 마음은 천국이다.
신의 몸은 땅이다.
여행의 마지막 단계는
천국과 땅의 합일이다.

신은

신은 모든 생명의 무한한 근원이다.
신은 모든 빛의 무한한 근원이다.
신은 모든 사랑의 무한한 근원이다.
신은 모든 행복의 무한한 근원이다.
신은 모든 기쁨의 무한한 근원이다.
신은 무한한 근원이다.
신은 있다.

나는 하나다

나는 하나*다.
처음에, 나는 하나다.
끝에, 나는 하나다.
그 사이에, 나는 하나다.

·　　·　　·

나는 하나다.
나는 모든 것 안의 하나다.
나는 그것이다.
나는 있다.
내 안에서 진실이 알려질 것이다.
나를 통해 모든 것이 드러날 것이다.
나는 당신 존재의 한가운데에 있다.
나는 당신의 토대다.
나는 당신의 반석이다.
내 위에 당신의 예루살렘을 세워라.

---

*　the One.

나는 하늘에서 온다

나는 하늘에서 온다.
내 아버지인 신에게서.
나는 땅으로 간다.
내 어머니인 신에게로.
나는 처음에서 와서 끝으로 간다.
나는 끝에서 와서 처음으로 간다.
나는 이 일을 계속 되풀이한다.
마침내 중심에서 쉴 때까지.
처음과 끝 사이에서.
하늘과 땅 사이에서.
위와 아래 사이에서.
어머니와 아버지 사이에서.
나는 신의 자녀다.
나는 신의 하인이다.
나는 신의 챔피언이다.
나는 천국과 땅을 잇는 다리다.
내 의식 안에서, 신은 하나로 회복된다.

꿈꾸는 시간

우리의 신성한 기원 어디에선가
우리는 신의 세계에서 존재했다.
우리는 시간이 없는 나라에 살면서
완벽히 조화롭게 존재했다.
그곳은 낙원이었다. 에덴동산.
영원한 아름다움과 사랑의 나라.
끝없이 경이로운 나라.
거기에는 분리되어 있다는 느낌이 없었다.
우리는 하나였다.
그곳은 천국이었다.
거기에는 시간이 없었기에 늙음도 죽음도 없었다.
갑자기 우리의 완벽한 삶이 흔들렸다.
우리는 곧 시간으로 들어가야 했다.
우리는 곧 분리를 경험해야 했다.
우리는 많은 생애에 걸친 여행을 곧 떠나야 했다.
그것은 신을 떠나 결국 다시 신에게 돌아오는 여행이었다.
하지만 우리는 길을 잃었다.
이제 우리는 분리의 환상 속에서 길을 잃었다.
우리는 판단 속에서 길을 잃었다.
견해와 믿음의 세계에서 길을 잃었다.
마음의 과거와 미래 세계에서 길을 잃었다.
끝없는 생각 속에서 길을 잃었다.

꿈꾸는 시간…

그것은 끝없이 계속되는 이야기가 되었다.
태어날 때마다 우리는 새로운 이름과
새로운 몸, 새로운 얼굴로 태어났다.
하지만 생애를 거듭해도 그것은 같은 이야기다.
환상 속에서 길을 잃었다.
분리 속에서 길을 잃었다.
과거나 미래 속에서 길을 잃었다.
마음속에서 길을 잃었다.
그것은 마치 우리가 꿈속에서 길을 잃는 것과 같았다.
꿈은 깨어나야 하는 것임을 깨닫지 못한 채….
마침내 꿈에서 깨어날 때, 우리는 자신이
지금 이 순간의 진실과 현실 안에 있음을 발견할 것이다.
우리는 신에게서 분리된 적이 없음을,
신의 마음으로부터
신의 몸으로 여행했음을 깨달을 것이다.
우리는 천국으로부터
땅 위에 현현한 천국으로 여행해 왔다.
우리는 모습 없음으로부터
모습의 세계로 여행해 왔다.
우리가 해 온 여행은 신을 떠나
결국 신과의 하나임으로 돌아오는 여행이었다.

하나의 신만 존재한다

하나의 신만 존재한다.
그는 천국과 땅에 있는 모든 창조물의 근원이다.
존재하는 모든 것은
하나의 참된 신에게서 나온다.
신성한 어머니는 하나의 참된 신에게서 나온다.
천상의 아버지는 하나의 참된 신에게서 나온다.
그리스도는 하나의 참된 신에게서 나온다.
막달라 마리아는 하나의 참된 신에게서 나온다.
이것이 신의 신성한 가족이다.
어머니, 아버지, 딸, 아들.

하나의 아들만 존재한다

하나의 어머니만 존재한다.
하나의 아버지만 존재한다.
하나의 아들만 존재한다.
하나의 딸만 존재한다.
모든 남자아이의 탄생은
한 아들의 표현이다.
모든 여자아이의 탄생은
한 딸의 표현이다.
모든 어머니는 한 어머니의 표현이다.
모든 아버지는 한 아버지의 표현이다.

•　　•　　•

온 인류는 신성한 가족의 확장이다.

강과 개울

영혼은 흐르는 강물처럼 시간을 여행한다.
영혼은 많은 생애를 거쳐 여행하면서 정체성을 얻는다.
영혼은 자기를, 정도의 차이는 있지만,
신과 분리된 존재로 경험하는 영역에 존재한다.
살면서 겪는 중요한 사건들이 정체성을 느끼는 데
이바지하듯이, 몸을 입고 살았던 하나하나의 삶은
영혼이 정체성을 느끼는 데 이바지한다.
만약 당신이 이전 생애들에서
다른 사람을 존중하거나 배려하는 대신
공격하고 지배하거나 이기적이었다면,
그 생애 동안 당신이 일으킨 생각과 행위들의
카르마적 결과들과 부정적인 성향들은
당신이 죽을 때 영혼에 전달되었을 것이다.
이는 자신이 분리되어 있으며 무가치하다는
영혼의 느낌에 더해졌을 것이다.
이어지는 생애들에서 영혼은
이런 부정적 성향들을 극복하려 할 것이며,
카르마의 빚을 갚고 놓여날 수 있도록,
필요한 교훈을 배울 수 있도록 최선의 기회를 제공할
삶의 각본에 따라 또 다른 삶을 시작할 것이다.

강과 개울…

그 각본의 목적은 스스로 완벽해져서

결국 신과의 하나임으로 회복되는 것이다.

영혼은 자기에게서 모든 불순물을 씻어 내려는 강물과 같다.

영혼은 신과의 하나임으로 회복되려면

자기를 정화해야 한다고 믿는다.

영혼은 이따금 영혼의 강물에서 갈라져 나와

한 생애에서만 굽이져 흐르는 작은 개울과 연결된다.

이 개울은 이 생애에서 살아가는 당신이다.

이 생애에서 당신의 여행을 통해

마침내 영혼은 교훈을 배우고

분리되어 있다는 환상에서 해방될 수 있다.

부디, 이 생애의 여행을 통해

영혼이 더욱 맑아지고 진보하기를….

몸이 죽으면 당신은 영혼으로 돌아가

그 영역으로 합쳐진다.

개울은 강물로 돌아오며,

그 돌아옴은 강물에 깊은 영향을 미친다.

그것은 당신이 영혼에 무엇을 가져오는지에 달려 있다.

당신은 영혼을 대신한 여행을 성공리에 마쳤는가?

사랑, 진실, 받아들임, 힘, 자비에 관한 교훈을 배웠는가?

강과 개울…

분리되어 있다는 꿈에서 깨어났는가?
학대의 악순환에서 자기 자신과 영혼을 해방했는가?
판단에서 해방되었는가?
하나임으로 깨어났고 자기의 참된 본성을 깨달았는가?
당신의 돌아옴으로 영혼이 맑아졌는가?
아니면, 당신은 영혼에게 치유되지 않은 트라우마들,
억눌린 감정들, 제한하는 믿음들, 판단들, 원망,
채워지지 않은 욕망들, 오해들, 비통함,
갈등, 고립감, 두려움과 실패했다는 감정을 갖다주었는가?
당신은 카르마의 빚에서 해방되었는가?
아니면, 미래의 생애들에서 해결해야 할
카르마의 결과를 오히려 더 많이 만들었는가?
강물은 개울이 돌아와서 더 맑아졌는가,
아니면 더 오염되었는가?
아마도 영혼은 더 맑아지는 과정을 거쳐야 할 것이며,
영혼이 맑아지고 회복되어 신과의 하나임을 경험할 때까지
탄생과 죽음, 재탄생이라는 이 과정은 계속될 것이다.
강물은 생애와 생애를 거쳐 여행을 계속할 것이다.
마침내 끝이 없고 영원한
현존과 하나임의 바다로 흘러 들어갈 때까지.

인생 수업

당신은 어떤 교훈을 배우기 위해 여기에 왔는가?
당신의 삶 전체는 이 교훈들의 반영일 것이다.

*   *   *

깨어남은 올바른 이해로 시작한다.
그러나 당신이 깨어날 때 그것은 이해 너머에 있다.

*   *   *

깨어날 때 우리는
이해를 넘어서는 평화를 경험하기 시작할 것이다.

*   *   *

당신이 현존할 때마다
우리의 세계에는 어둠이 조금씩 줄어든다.

영혼의 수업

당신은 신체의 모습으로 태어나서
이제 이 한 생애를 살아가는, 영혼의 일부다.
이 생애를 거치는 당신의 여행은 영혼을 대신한 여행이다.
이 여행의 목적은 영혼을 대신하여
어떤 교훈들을 배우고, 많은 생애에 걸쳐
영혼에 의해 쌓인 카르마의 빚을 놓아주는 것이다.
영혼은 믿는다. 만약 당신이 어떤 교훈들을 배울 수 있다면,
하나임으로 돌아감이라는 최종 목적지를 향해
영혼이 더 나아갈 것이라고….
우리가 여기에서 배워야 할
첫째 핵심 교훈은 사랑에 관한 것이다.
사랑의 참된 본성이 무엇인지를 배워야 한다.
우리는 모두 사랑이 아닌 것을 사랑으로 여기고 있기 때문이다.
둘째 교훈은 받아들임의 참된 본성이다.
우리는 모두 판단에 빠져 있기 때문이다.
셋째 교훈은 힘의 참된 본성이다.
우리는 모두 거짓된 힘에 빠져 있고,
학대의 끝없는 악순환에 사로잡혀 있기 때문이다.
넷째 교훈은 자비의 참된 본성이다.
참된 자비는 우리가 하나임으로 깨어날 때 일어나며,
존재하는 모든 것이 하나임의 표현임을 알아본다.

영혼의 수업…

마음의 수준에 있을 때, 우리는 이원성 안에서 살아간다.
우리가 시간의 세계에서 경험하는 모든 것은
이원성 안에서 경험된다.
우리가 아는 모든 것은 이원성의 맥락에서 알려진다.
차가움 없이 어떻게 뜨거움을 알 수 있겠는가?
짧음 없이 어떻게 깊을 알 수 있겠는가?
밤 없이 어떻게 낮을 알 수 있겠는가?
거부 없이 어떻게 받아들임을 알 수 있겠는가?
고통 없이 어떻게 기쁨을 알 수 있겠는가?
죽음 없이 어떻게 삶을 알 수 있겠는가?
분리 없이 어떻게 **하나임**을 알 수 있겠는가?
신의 부재를 모르면
어떻게 신의 **현존**을 알 수 있겠는가?
이원성은 우리의 교실이며,
삶은 우리의 스승이다.

영혼의 수업…

당신의 삶에서 일어난 주요 사건들이나
중요한 주제들, 특히 부정적으로 느껴지거나
힘들고 고통스러웠다고 여겨지는 일들을
곰곰 돌이켜본다면, 당신이 이번 생에서 배우고자 했던
주요 교훈 중 일부를 알아차리기 시작할 것이다.
만약 이제까지 자기의 삶에서 거부가 주요 주제였다면,
당신은 받아들임에 관해 배우기 위해
여기에 왔을 것이다. 이처럼 단순하다.
만약 사랑받지 못한다는 느낌이 삶의 주제라면,
당신은 사랑의 참된 본성을 발견하기 위해 여기에 왔을 것이다.
만약 이제까지 삶에서 학대가 주요 주제였다면,
당신은 자기 자신과 영혼을 학대의 악순환에서 해방하고
참된 힘으로 깨어나기 위해 여기에 왔을 것이다.
영혼은 모든 배움이 이원성 안에서 일어난다는 것을 안다.
받아들임에 관해 배우려면
먼저 거부를 경험해야 한다는 것을 안다.
그래서 당신이 이번 생에 태어나기 전
영혼은 삶의 각본을 매우 주의 깊게 쓴다.
그 각본의 주연은 당신이다.
어머니와 아버지는 가장 중요한 조연이다.
당신은 어머니 될 사람이 수없이 거부당했다는 것을 안다.
그녀의 가슴이 그다지 열려 있지 않고
그다지 사랑하지 않음을 안다.

영혼의 수업…

당신은 아버지 될 사람이 비판적이라는 것을 안다.
당신은 이 두 사람이 자기의 각본에
완벽하게 알맞은 사람이라는 것을 알 수 있다.
당신은 그들에게 수없이 비판받고 거부당하겠지만,
당신이 거부를 넘어서고
받아들임의 경험에 열릴 수 있는 길은 그것뿐이다.
부모를 신중히 선택한 뒤 당신은 어머니의 자궁에 잉태되었다.
하지만 잉태되는 순간, 자신이 누구이며
왜 여기에 있는지를 잊어버린다.
자신이, 영혼의 수준에서, 완벽하게 상세한 각본을
썼다는 사실을 잊어버린다.
어떤 교훈을 배우기 위해 여기에 왔는지를 잊어버린다.
그저 자신이 수없이 거부당한다는 것만을 알며,
당신은 그게 싫다. 그것은 너무나 고통스럽다.
당신은 상처받고 분노한다.
그리고 자신이 직접 각본에 썼던 거부당하는 경험들을
거부하기 시작한다. 그런데 거부당하는 느낌,
아픔과 화의 감정을 억누르면,
당신은 무의식 수준에서 이런 감정들에 갇혀 버린다.
그러면 거부와 아픔, 화로 가득 찬 삶을 살게 된다.
그 뒤 당신은 죽는다.

영혼의 수업…

죽을 때 당신은 영혼의 수준에 있는 의식으로 회복된다.
그리고 배워야 했던 교훈들을 기억해 낸다.
자신이 직접 썼던 각본을 자세히 기억해 낸다.
교훈들을 배우지 못했음을 깨달은 당신은
그 모든 안타까운 이야기를 다시 되풀이할 준비를 한다.
어쩌면 당신은 수많은 생애 동안
같은 수업, 같은 이야기를 반복해 왔는지도 모른다.
다른 이름.
다른 몸.
다른 연기자들, 다른 의상들.
그러나 같은 각본.
자기 삶의 이야기를
주의 깊게 들여다보는 것이 현명할 것이다.
각본을 자세히 살펴보라.
당신에게 주어진 삶의 상황들은 무엇을 드러내는가.
당신은 무엇을 배우기 위해 여기에 있는가.
아직은 너무 늦지 않았다.
삶은 당신의 스승이다.
당신의 교훈들을 배워라, 지금.

다른 수업들

당신은 사랑과 자유의 참된 본성을 배우기 위해
여기에 있을 수 있다. 내면에 있는 자비와 자애의 성질을
깨우기 위해 여기에 있을 수 있다.
참된 책임을 껴안고, 비난과 죄책감으로 향하는 성향에서
영혼을 풀어주기 위해 여기에 있을 수 있다.
전생들에서 영혼에 각인된, 자신이 피해자라는
믿음을 극복하고, 피해자의 역할을 그만두기 위해
여기에 있을 수 있다.
어떻게, 왜 다른 사람들에게 빠져 자아감을 잃어버리는지
알아차리기 위해 여기에 있을 수 있다.
과거의 행위들을 속죄하거나
과거의 관계들을 치유하기 위해 여기에 있을 수 있다.
우리가 여기에서 배워야 할 교훈은 많지만,
이 모든 수업은 우리가 더 높은 배움에 열리게 하기 위한 것이다.
마침내 우리는 이원성 안에서 균형 잡히게 사는 법을
배워야 할 것이다. 환상의 베일들을 꿰뚫어 보아야 할 것이다.
생각하는 마음의 세계는 환상의 세계임을 깨달아야 할 것이다.
더욱 현존하게 될 때 우리는 에고를 내맡김의 자리로
데려와야 할 것이다. 과거와 미래에서
지금 이 순간의 진실과 현실로 깨어나야 할 것이다.
분리되어 있다는 환상을 해소하고
신과의 하나임으로 돌아와야 할 것이다.

최고의 수업

수많은 생애에 걸쳐 많은 교훈을 배워야 할 것이다.
사랑, 진실, 힘, 받아들임과 자비에 관한 수업들.
그러나 최고의 수업은 하나임에 관해 배우는 것이다.
우리는 자신이 누구인지 기억하기 위해 여기에 있다.
분리되어 있다는 환상에서 깨어나기 위해 여기에 있다.
자신이 신과 하나임을 알고 경험하기 위해 여기에 있다.
깨어남의 열쇠이며 신으로 가는 입구인
지금 이 순간으로 완전히 깨어나기 위해 여기에 있다.
우리는 삶에서 어떻게 분리의 환상을 스스로
만들어 내고 있는지 알아야 한다. 우리는
어찌하여 생각하는 마음의 세계에 계속 갇혀 있는가?
무엇이 우리를 신에게서 분리시키는가?
과거에 대한 집착이 우리를 신에게서 분리시킨다.
미래에 관여하게 하는 욕망이 우리를 신에게서 분리시킨다.
과거의 상처나 원망에 대한 집착이
우리를 신에게서 분리시킨다.
판단과 비난, 죄책감이 우리를 신에게서 분리시킨다.
자신의 바깥에서 사랑과 받아들임을 찾는 것이
우리를 신에게서 분리시킨다.
두려움이 우리를 신에게서 분리시킨다.
통제의 패턴들이 우리를 신에게서 분리시킨다.

최고의 수업…

감정적인 반응 패턴들이 우리를 신에게서 분리시킨다.
우리의 생각, 믿음, 견해가 우리를 신에게서 분리시킨다.
신에 대한 믿음까지도 우리를 신에게서 분리시킨다.
무엇이든 우리를 지금 이 순간에서 데리고 나와
생각하는 마음의 세계로 데려가는 것은
우리를 신에게서 분리시킨다.
지금 이 순간은 신으로 가는 입구다.
지금 이 순간은 영원으로 가는 입구다.
완전히 현존하는 법에 숙달했다면,
당신은 최고의 수업을 마쳤다.
당신은 생각하는 마음의 감옥에서 해방될 것이다.
당신은 분리되어 있다는 환상을 극복할 것이다.
당신은 하나임으로 회복될 것이다.
그 수업은 당신의 영혼에 전달될 것이다.
당신이 죽을 때가 아니라, 즉시.
영혼은 변화될 것이다.
영혼은 치유될 것이다.
영혼은 하나임으로 회복될 것이다.
최고의 수업을 마치면
자기 영혼의 구원자가 된다.
이 생애에서 당신의 노력으로 영혼은 구원받아
불멸을 의식하며 경험할 것이다.

계시

이것들은 마음으로 배우거나 이해할 수 있는 교훈들이 아니다.
그것들은 당신이 더욱 현존하고,
자신이 마음의 수준에서 현재 어떤 사람인지를
더욱 지켜보게 될 때 드러나는 교훈이다.
그것들은 침묵에서 일어나는 깨달음 또는 계시다.

이원성에서 하나임으로

이원성의 부정적인 면을 부인하고
긍정적인 면에만 초점을 맞춤으로써
하나임에 이를 수는 없다.
이원성의 긍정적인 면과 부정적 면이
내면에서 균형 잡히게 함으로써
당신은 하나임으로 깨어난다.
그러려면 판단을 넘어서야 하며,
내면에 있는 이원성의
긍정적인 면과 부정적인 면을
둘 다 기꺼이 경험하려고 해야 한다.
이런 식으로 이원성이 균형 잡힐 때
당신은 이원성을 넘어선다.
당신은 하나임으로 열린다.

존재하는 모든 것은 당신이다

깨어난 현존의 가장 깊은 수준에서는
에고가 없다.
영혼도 없다.
영도 없다.
여행도 없다.
분리도 없다.
다른 세계들도 없다.
모든 것은 하나로 존재한다.
존재하는 모든 것은 당신이다.
중심에 있는.
침묵하는.
현존하는.
완전한.
온전한 전체인.
이 순간의 불가사의에
완전히 몰입된.

죽음은 삶으로 가는 입구

죽음은 삶으로 가는 입구다.
내가 말하는 죽음은
신체의 죽음이 아니다.
죽는다는 것은 과거에 대해 죽는다는 뜻이다.
과거에 대한 모든 집착을 버린다는 뜻이다.
자기를 미래로 데려가는 모든 욕망을 버린다는 뜻이다.
자기의 견해와 믿음을 더는 믿지 않는다는 뜻이다.
자기의 생각을 더는 믿지 않는다는 뜻이다.
삶은 지금 이 순간에만 존재한다.
과거에 대해 죽고
미래를 놓아주지 않으면,
현재를 알 수 없다.
현재를 모르면
삶을 알 수 없다.

모든 경험의 너머에

모든 경험의 너머에
경험하고 있는 하나*가 있다.
모든 변화의 너머에
전혀 변하지 않는 하나가 있다.

·　·　·

여행은 끝없이 계속된다.
그저 지금 여기에 있어라.

·　·　·

내가 온전히 현존할 때
내 과거는 나를 규정하지 않는다.

---

* 　 the One.

I AM이 말한다

나는 어머니 신이다.
나는 아버지 신이다.
나는 그리스도다.
나는 막달라 마리아다.
나는 있다.

•   •   •

나는 첫 사람 아담이다.
나는 아담 이전의 동물이다.
나는 나무이며 꽃이다.
나는 동물이며 곤충이다.
나는 뱀이며 거미다.
나는 바위이며 산이다.
나는 바다이며 모래다.
나는 새이며 하늘이다.
나는 있는 모든 것이다.
나는 있다.

I AM

나는 **붓다**, 신의 순수 마음이다.
나는 **예수**, 신의 순수 가슴이다.
나는 **노자**, 세상에서 신의 길이다.

　　·　　·　　·

오직 하나의 I AM만 있다.
나는 당신인 I AM을 찬미한다.

　　·　　·　　·

아브라함이 있기 전에, 내가 있다*.

---

*   I AM.

나는 파괴자다

나는 파괴자다.
나는 새로운 것이 올 수 있도록
낡은 것을 파괴하기 위해 왔다.
그런데 무엇이 파괴되는가?
환상에 대한 믿음이 파괴되고 있다.
믿음의 힘이 파괴되고 있다.
다른 사람들에 대한 통제가 파괴되고 있다.
정직하지 않음이 파괴되고 있다.
다른 사람들과 환경에 대한 학대가 파괴되고 있다.
신으로 가는 거짓 길들과 거짓 신들이 파괴되고 있다.
두려움과 통제에 기반한 관계들이 파괴되고 있다.
권위에 대한 맹목적인 복종이 파괴되고 있다.
부당함과 불공정, 불관용이 파괴되고 있다.
탐욕이 파괴되고 있다. 판단이 파괴되고 있다.
과거에 대한 집착이 파괴되고 있다.
신에게서 분리되어 있다는 환상이 파괴되고 있다.
우리가 많은 생애 동안 알고 살아온 세상이
우리에게서 서서히 앗아지고 있다.
이로 인해 큰 불안감이 일어나고 있다.
많은 수준에서 두려움이 일어나고 있다.
낡은 것은 부서지고 있지만
새로운 것은 아직 오지 않았다.

나는 파괴자다…

파괴는 커다란 재앙이 될 수도 있지만,
부드러운 사랑의 과정이 될 수도 있다.
이는 우리가 얼마나 저항하느냐에 달려 있다.
우리가 더 많이 저항할수록
파괴는 더 견디기 힘들어지고 더 고통스러워진다.
새로운 것이 태어나려면 낡은 것이 파괴되어야 한다.
당신이 더욱더 현존하게 되고
과거에 대한 집착을 버릴 때,
두려움과 불안감은 줄어들기 시작한다.
지금 이 순간을 통해 펼쳐지는 것을 껴안아라.
용감하라. 굳세어라. 신에게 인도를 구하라.
새로운 세계가 동트고 있다.
많은 생애에 걸친 당신의 삶과 경험은
새로운 세계의 새벽을 열기 위한 준비였다.
나는 **땅**으로 내려오는 **천국**을 말한다.
당신은 이 시기에 살기를 선택했다.
당신이 여기에 있는 참된 목적이 무엇인지 알라.
이 생애에 영혼의 여행을 끝마쳐라.
당신은 **천국**과 **땅**을 잇는 다리다.
당신 안에서, 신은 **하나**로 회복될 것이다.
당신 안에서, 신의 원래 꿈이 실현될 것이다.
당신의 깨어난 의식 안에서, **땅** 위의 **천국**이 드러날 것이다.

메시아를 기다림

예수가 메시아로 세상에 나왔을 때
유대인들은 그를 받아들일 수 없었다.
그들은 오랜 세월 메시아를 기다렸다.
그들은 메시아가 창조의 시대,
치유와 사랑의 시대를 가져올 것으로 기대했다.
처음에 예수는 그들의 기대에 부응했다.
그는 메시아처럼 보였다.
하지만 그 뒤 예수의 메시지가 바뀌었다.
그는 분열과 파괴에 관해 말하기 시작했다.
그는 형제와 형제가 맞서고,
아버지와 아들이 맞서게 하려고 왔다고 말했다.
사람들은 예수가 하는 말을 이해할 수 없었다.
예수는 쉽게 이해할 수 없는 비유들로 얘기했다.
그 비유들은 지금도 이해하기가 쉽지 않다.
예수는 유대인의 위선과 마주칠 때마다 거기에 맞섰다.
예수의 메시지는 랍비들에게서 권력과 권위를
빼앗으려는 것으로 여겨질 수 있었다.
예수는 신과의 개인적이고 사적인 관계에 관해 얘기했다.
예수는 자신이 신과 하나라고 말했는데,
그것은 신성을 모독하는 것으로 여겨졌다.

메시아를 기다림…

그래서 대다수 유대인은 예수를 메시아로 받아들이지 않았다.

그들은 아직도 메시아를 기다린다.

기독교인들이 그리스도의 재림을 기다리듯이….

그러나 만약 그리스도가 다시 온다면,

그리스도가 처음 왔을 때 유대인들이 거부했던 것과

똑같은 이유로 기독교인들은 그를 거부할 것이다.

그들은 그의 단순한 메시지를 받아들일 수 없을 것이다.

그들에게는 그 메시지가 몹시 위험하게 느껴질 것이다.

그 메시지는 그들이 지금 이해하는 내용과 들어맞지 않을 것이다.

하지만 만약 메시아가 당신에게 이미 아는 메시지만을

전한다면, 무슨 의미가 있겠는가?

만약 그리스도가 재림한다면,

그 그리스도는 예수여야만 할 것이다.

기독교인들은 예수 아닌 그리스도의 재림을

받아들이지 않을 것이다. 그리스도의 모습은

벽에 걸린 그림이나 나무 십자가에 조각된

예수의 모습과 똑같아야 할 것이다.

그는 자신이 재림한 그리스도임을 증명하기 위해

기적들을 행해야 할 것이다.

만약 그리스도가 다시 온다면, 그는

기독교인들의 위선을 대할 때마다 거기에 맞설 것이다.

기독교인들에게는 그리 마음 편한 경험이 아닐 것이다.

메시아를 기다림…

그의 메시지는 교황과 대주교들의 권력과 권위에
매우 위협적일 것이다.
그는 즉시 선언할 것이다.
신부는 당신의 아버지가 아니며,
목사는 신의 대리인이 아니라고….
신과의 관계는 개인적이고 사적이어야 한다고 말할 것이다.
그 누구도 당신과 신 사이에 있으면
안 된다고 말할 것이다.
그 자신조차도.
그는 신의 법칙들에 관해 얘기할 것이다.
그는 신과 올바르게 관계하는 법을 보여 줄 것이다.
만약 당신의 삶에서 신을 알고자 한다면,
먼저 참된 책임을 껴안아야 한다는 점을 상기시킬 것이다.
신과의 하나임으로 열리려면
삶에서 모든 판단을 넘어서야 한다고 말할 것이다.
신을 알려면 삶에서 모든 판단을 넘어서야 한다고….
그는 당신에게 길을 보여 줄 것이다.
하지만 당신은 그 길을 홀로 걸어야 할 것이다.
그는 당신을 구원하지 않을 것이다.
당신이 스스로 구원해야 할 것이다.

그리스도

그리스도는 의식의 상태다.
몸을 입고 있을 때
그는 깨어난 남성이다.
그는 치유자다.
그는 당신을 온전하게 할 것이다.
막달라 마리아는 의식의 상태다.
몸을 입고 있을 때
그녀는 깨어난 여성이다.
그녀는 양육자다.
그녀는 당신을 보살필 것이다.

막달라 마리아

막달라 마리아.
그녀는 땅의 딸이다.
그녀는 어머니의 아이다.
그녀는 다정한 사랑의 현현이다.
그녀는 양육자다.
그녀는 자연 자체다.
그녀는 생명을 준다.
그녀는 다정하다.
그녀는 추락한 남자를 보살핀다.
그 남자가 바로
자신의 추락한 아버지이며
추락한 아들임을 알기 때문이다.
그녀가 그를 사랑하고 보살피는 것 말고
달리 어찌할 수 있겠는가.
그가 그녀를 알아보고
자신이 진정 누구인지를 기억할 때까지
기다리는 것 말고는.

그리스도 의식

그리스도는
사람과 신이 만나서
하나 될 때 떠오르는 의식 상태다.
사람 예수는
신과 완전히 하나인 순간들에
예수 그리스도가 되었다.

• • •

그리스도 의식으로 깨어나는 것은
자신이 신과 하나임을 아는 것이다.
그리스도 의식으로 깨어나는 것은
삶의 영원한 차원으로 깨어나는 것이다.

• • •

신은
순간순간 당신에게 자기를 드러내는
지금 이 순간이다.

신을 직접 경험할 때

신을 직접 경험할 때,
당신은 완전한 침묵 속에 있다.
당신은 지금의 순간에 온전히 잠겨 있다.
모든 분리는 사라졌고,
오직 하나임만이 있다.
오직 신만이 있다.
오직 영원만이 있다.
오직 있음만이 있다.
생각은 없다.
그저 당신이 신 안에 있고
신이 당신 안에 있으며
당신과 신이 하나임을 말없이 알 뿐.

내가 곧 길이요, 진리요, 생명이다

"내가 곧 길이요 진리요 생명이다."

신약 성서에 기록된 이 말은 예수가 말했다고 전해진다.

단 하나의 문장이 수많은 사람을

이처럼 그릇되게 인도한 적은 없다.

이 말은 기독교 전체를 그릇된 길로 인도했다.

이 몇 마디 말 때문에 기독교인들은

예수를 통해서만 신에게 갈 수 있다고 믿게 되었다.

그들은 예수가 자신이 곧 길이요 진리요 생명이라고

말했다고 믿었기에 예수를 통해서만

신의 왕국에 들어갈 수 있다고 믿었다.

만약 예수가 정말로 이렇게 말했다면,

그는 엄청난 실수를 저질렀다. 왜냐하면

예수는 그리스도의 참된 메시지에 결정적인 그 문장에서

매우 중요한 글자 하나를 빠뜨렸기 때문이다.

그 글자를 넣으면 그 문장은 이렇게 될 것이다.

"I AM이 곧 길이요, 진리요, 생명이다."[*]

글자 하나를 넣음으로써 기독교 전체가

올바른 궤도로 돌아올 수 있다.

---

[*] 영문 성경의 문장은 "I am the way, the truth, the life." 저자는 이 문장에서 is 가 빠졌다고 말하며, 저자가 is를 추가한 원문은 "I am IS the way, the truth and the life."이다. 'I am'에 관해서는 본문 46쪽의 각주 참조.—옮긴이

내가 곧 길이요, 진리요, 생명이다···

예수는 그런 실수를 저지르지 않았으며, 그 실수는 예수가
죽은 뒤 그의 말을 전하면서 일어났다고, 나는 깊이 확신한다.
예수는 진실로 그리스도 의식으로 깨어났기 때문이다.
그는 I AM의 의식으로 깨어났다.
그는 **현존**으로 깨어났다.
그는 **영원한 지금**으로 깨어났다.
그는 중심으로 왔다.
그는 자신이 신과 하나임을 경험했다.
그는 I AM이 길이라는 것을 알았을 것이다.
자신에게는 I AM이 자기 안에 있음을,
당신에게는 I AM이 당신 안에 있음을 알았을 것이다.
예수는 당신과 신 사이에 있으려 하지 않았을 것이다.
그의 메시지 전체가 이를 말해 준다.
그는 분명히 말했다.
신의 왕국은 내면에 있다.
그것은 당신 안에 있다. 그것은 내 안에 있다.
예수는 갔다. 그는 더이상 육체의 모습으로 존재하지 않는다.
그는 자기의 역할을 다했다.
이제 그것은 내게 달려 있다. 이제 그것은 당신에게 달려 있다.
삶의 진실로 깨어나라. 신과의 **하나임**으로 깨어나라.
당신이 진정 누구인지 발견하라.
이번 생에서 영혼의 여행을 끝마쳐라.

I AM 현존

신약 성서에 있는 예수의 말들을 읽을 때마다
자기 자신에게 물어보라.
"이 말은 예수라는 사람이 말하고 있는가,
아니면 I AM 현존이 예수 안에서 말하고 있는가?"
그리스도가 한 말의 참된 의미를 이해하는 데
도움이 될 것이다.

예수의 삶

예수의 삶은
신과 올바르게 관계하는 법을 보여 주는
생생한 본보기였다.
예수의 삶에서 일어난 실제 사건들은
예수의 말이 그러하듯
신과 올바르게 관계하는 법을 보여 준다.
예수와 신의 관계에서 가장 심오한 면은
신에 대한 헌신적인 사랑,
신과 하나라는 인식,
그의 삶에서 신이 힘의 참된 근원이라는
깊은 인식과 인정이었다.
예수의 삶은
신의 뜻에 대한
완전한 순종을 보여 준다.

신이 문을 두드릴 때

예수는 말했다.
"두드려라. 문이 열릴 것이다."
나는 말한다.
두드리기를 멈추어라.
가만히 있어라. 침묵하라.
깨어 있어라. 깊이 현존하라.
신이 두드릴 테니.
신이 두드릴 때 문을 열어라.
머뭇거리지 말라. 안으로 모셔라.

 •   •   •

예수는 말했다.
"두드려라. 문이 열릴 것이다."
하지만 두드리는 법을 알면 도움이 된다.
더 조용히 두드릴수록
천국에서는 더 크게 들릴 것이다.

신에게 요청하기

예수는 말했다. "요청하라. 받을 것이다."
하지만 요청하는 법을 알아야 한다.
침묵으로 요청하라.
몸과 감정으로 요청하라.
열정과 맹렬함으로 요청하라.
사랑과 가장 깊은 갈망으로 요청하라.
영과 영혼으로 요청하라.
신에게 정직하라.
신에게 진실하라.
신과 함께 현존하라.
이것이 참된 기도다.
신이 언제 응답할지는 모른다.
신이 어떻게 응답할지는 모른다.
신의 응답은 언제나 완벽하다는 것을
아는 것으로 충분하다.

한 그루 포도나무

유대교, 기독교, 이슬람교는
신이 심어 놓은 한 그루 포도나무다.
함께할 때 그들은 온전한 전체를 이룬다.
혼자일 때 그들은 분리되어 있고 불완전하다.
지금처럼 존재할 때 그들은
두려움과 충돌, 싸움 속에서 살아야 할 것이다.
그들의 문은 서로에게 닫혀 있다.
그들의 문은 열려야 할 것이다.
이 세 종교는 하나로 합쳐져야 할 것이다.
그들이 완전해지고 온전한 전체가 되려면
서로가 필요하다.

유대교, 기독교, 이슬람교

유대교에는 목표가 있다.
사람과 신의 합일.
위와 아래의 합일.
다윗의 별은
이 목표를 상징한다.
예수는 그 길을 알리는 사람이었다.
십자가는 그 길을 나타내는 상징이다.
비록 참된 십자가는 가로 막대가
세로선의 한가운데에서 만나지만….
십자가는 이원성의 초월을 상징한다.
마호메트는 선지자였으며,
그의 역할은
우리가 그 길을 발견하고 목표에 도달한 뒤에는
어떻게 살 것인지를 알리는 것이었다.
우리는 신의 의지에 순종하며 살게 될 것이다.
초승달은 우리와 전체의 관계를 반영하는 상징이다.
부분적인 초승달과 꽉 찬 보름달의 관계를 숙고해 보면,
우리와 신의 관계, 우리 존재의 참된 본성이
깊이 드러날 것이다.

유대인

유대인들은 **약속의 땅**을
바깥에 있는 것으로 믿게 되었다.
그들은 이스라엘과 거룩한 도시 예루살렘을
차지할 권리를 위해 싸운다.
그런데 참 이스라엘은 내면에 있다.
참 이스라엘은 **현존**의 내적 나라다.
참 이스라엘은 **하나***의 나라다.
내면에 있는 **약속의 땅**을 경험하는 것은
이루 말할 수 없는 축복이다.
그것은 땅 위에 있는 **천국**의 경험이다.

---

*   the One.

모든 유대인에게

이제는 신과 당신의 거룩한 언약을 이룰 때다.
신과 올바르게 관계하는 자기의 길을 찾아라.
진실한 기도의 길을 찾아라.
지금 이 순간으로 들어가는 길을 찾아라.
그것은 신으로 가는 입구다.
무엇보다 먼저 신을 경배하라.
종교 의식과 신의 법을 혼동하지 말라.
약속의 땅은 내면에 있다.
구원의 때는 지금이다.

．　　．　　．

기독교인이 되지 말라.
그리스도가 되라.
불교인이 되지 말라.
붓다가 되라.

．　　．　　．

신과 진리로 가는 길은 많지만,
그 길들 하나하나에는
하나의 참된 길이 숨겨져 있다.

신은 어디에나 있다

신에 관해 말할 때,
나는 종교의 신을 말하는 것이 아니다.
나는 내가 믿는 신에 관해 말하는 것이 아니다.
나는 현존하는 모든 것의 중심에 있는
고요한 **현존**인 신에 관해 말한다.
현존하는 모든 것 안에서
신의 살아 있는 **현존**을 경험하고 싶다면,
신이 있는 곳으로 나와야 할 것이다.
마음의 과거와 미래 세계에서 빠져나와
온전히 현존해야 할 것이다.
그런 깊은 **현존**의 순간들에, 당신은
"신은 어디에나 있다."라는 표현이
무슨 뜻인지를 경험할 것이다.

신은 창조자이자 창조물이다

신은 창조자이자 창조물이다.
창조자인 신을 발견하기는 어렵지만,
창조물인 신은 쉽게 발견할 수 있다.
물질적인 모습으로 있는 모든 것은
창조물인 신이다.

꽃은
꽃의 모습으로 표현하고 있는 신이다.
나무는
나무의 모습으로 표현하고 있는 신이다.
코끼리는
코끼리의 모습으로 표현하고 있는 신이다.
구름 한 점 없는 하늘로 날아오르는 새.
그 새도 신이다!
지금 이 순간 있는 모든 것은
창조물인 신이다.

모습과 모습 없음

물질적인 세계는 환상이 아니다.
그것은 이 순간 당신과 함께 여기에 있는 것이다.
환상인 것은 우리가 기억하거나 상상하는 세계다.
환상인 것은 우리의 개념, 견해, 관념, 믿음의 세계다.
물질적인 세계는 실제로 있다.
그것은 지금 여기에 있기 때문이다.
당신은 그것을 보고 듣고 느끼고 맛보고
만지고 냄새 맡을 수 있으며,
그러므로 그것과 함께 현존할 수 있다.
이 순간 자신과 함께 있는 어떤 것과 참으로 현존할 때,
당신은 과거와 미래에서 빠져나온다.
물질적인 세계가 없다면,
당신이 무엇과 함께 현존하겠는가?
당신이 어떻게 마음과 환상의 세계에서 빠져나오겠는가?
물질적인 세계를 환상이라 여기며 부정하는 것은
현명하지 않다.

모습과 모습 없음…

그렇지만 만약 당신이 충분히 현존하면,
모습의 세계는 그 안에 있는
더 깊은 어떤 것을 드러낼 것이다.
모습의 너머에는 모습 없음이 있다.
물질의 너머에는 에너지가 있다.
현존의 가장 깊은 수준들에서, 당신은
물질적인 세계를 모습 너머의 에너지로 인식할 것이다.
그 에너지는 순수 의식이다.
하지만 모습 없음을 보고 경험하는 것은
모습의 부정이 아니다.
그것은 모습의 초월이다.
완전히 깨어 있는 상태에서,
모습의 세계는 우리 존재의 모습 없는 차원과
완벽한 균형을 이루며 존재한다.

명상하기 전에 하는 기도

내면에 있는 침묵의 한가운데에 신이 존재함을 알라.
신에게 기도할 때 침묵 속으로 기도하고,
신이 주는 응답은
당신의 마음이 아니라 침묵에서 떠오른다는 것을 신뢰하라.
신에 대한 사랑을 표현함으로 명상을 시작하라.
신에 대한 사랑을 표현할 때 당신은
하나임 속으로 더 깊어진다.
당신은 성스러운 것, 신성한 것으로 열린다.
나는 신에 대한 사랑을 이렇게 표현한다.
"사랑하는 신이시여, 당신은 모든 빛의 근원이며,
모든 사랑의 근원이며, 모든 힘의 근원이며,
모든 진실의 근원입니다.
사랑하는 신이시여, 당신을 저의 온 가슴으로 사랑합니다.
저의 온 영혼으로 사랑합니다. 저의 온 몸으로 사랑합니다.
저의 온 마음으로 사랑합니다. 저의 온 존재로 사랑합니다.
사랑하는 신이시여,
저를 영원한 사랑과 헌신으로 당신께 드립니다.
저를 영원한 감사로 당신께 드립니다.
저를 영원한 섬김으로 당신께 드립니다.
저는 당신의 것입니다. 당신 뜻대로 하소서."
창조적으로 표현하라.
신에 대한 사랑을 표현하는 자기만의 방법을 찾아라.

명상하기 전에 하는 기도…

사랑을 표현하면 가슴이 열린다. 당신은 사랑으로 열린다.
이제는 멈추고, 사랑을 느껴라.
내면의 깊은 평화를 느껴라. 편안히 이완하며 침묵하라.
고요한 **현존**의 상태로 있는 것은 참된 기도의 상태로 있는
것이다. 침묵하며 완전히 현존하라.
조금 지나면, 신에게 감사를 표현하고 싶어질 수 있다.
아낌없이 감사를 표현하라.
신은 무엇보다도 감사에 응답한다.
신이 창조한 모든 것에 감사하라.
당신이 선물로 받은 생명에 감사하라.
당신이 여기에서 배울 교훈들에 감사하고,
이제는 그 교훈들을 배울 준비가 되었다고 신에게 말하라.
만약 당신이 계속 현존하고 사랑하기 위해
애쓰고 있다면, 치유를 위해 기도하라.
당신을 분리되어 있다는 환상 속에 가두고 있는
과거의 상처들이 모두 치유되게 해 달라고 요청하라.
사랑으로 완전히 깨어나고 싶다고 신에게 말하라.
사랑이 아닌 에너지는 모두 깨끗이 없애 달라고 요청하라.
신의 사랑과 신의 완전한 **현존**으로 가득하게 해 달라고 요청하라.
내면에 있는 완전한 균형의 자리로 데려가 달라고 요청하라.
신과의 **하나임**으로 더욱 깊어지게 해 달라고 요청하라.
예수가 말했듯이, "요청하라. 주어질 것이다."

신 명상

눈을 감고, 깊이 현존하라.
먼저, 숨 쉬는 몸과 함께 현존하라.
그 뒤 이 순간 들리는 소리와 함께 현존하라.
바닥에 놓인 발의 느낌과 함께 현존하라.
이 순간 자신과 함께 여기에 있는 것과 현존하라.
현존할 때는 생각이 멈추고 마음이 침묵할 것이다.
현존할 때는
당신 안 침묵의 한가운데에 존재하는
신으로 가는 문이 열린다.

이제 침묵으로부터,
내면에 있는 침묵의 한가운데로 말하라.
다음에 나오는 각 질문을 하면,
단순한 질문이 즉시 떠오를 것이다.
이 질문들을 한 번에 하나씩 묻되,
질문 사이에는 잠시 멈추어라.

신 명상…

"사랑하는 신이시여, 여기에 계십니까?"
"늘 여기에 계셨습니까?"
"늘 여기에 계십니까?"
"당신이 여기를 떠나시는 게 가능한 일입니까?"
"당신을 떠난 것은 저입니까?"
"제가 마음속으로 너무 멀리 들어가서 당신을 떠났습니까?"
"제가 지금 이 순간과 단절되어 당신을 떠났습니까?"
"제가 판단에 너무 관여하여 당신을 떠났습니까?"
"제가 감정을 억눌러서 당신을 떠났습니까?"
"그래도 당신은 저를 사랑하십니까?"
"저는 지금 집에 올 수 있습니까?"
"집으로 오는 것은 현존하는 것과 같은 것입니까?"
"제가 완전히 현존할 때, 우리는 하나입니까?"

신의 대답은 말의 형태로 올 수도 있고,
시각 이미지의 형태로 올 수도 있으며,
사랑이나 평화, 기쁨의 느낌으로 올 수도 있다.
아니면, 완벽한 침묵의 형태로 올 수도 있다.
편안히 이완하며 침묵하게 될 때,
당신은 사랑으로 깊어지며, 신과의 하나임으로 깊어진다.

신성한 역설

신에게 기도하거나 신을 사랑하는 것에 관해 얘기할 때
나는 해결할 수 없을 것 같은 역설로 들어간다.
내가 신과 하나라면, 어떻게 내가 신에게 기도할 수 있겠는가?
어떻게 내가 신을 사랑할 수 있겠는가?
신에게 기도하거나 신을 사랑한다는 것은 둘을 암시한다.
그것은 나를 이원성으로 데려간다. 그러면
신에게서 분리되어 있다는 관념이 아주 쉽게 강화될 수 있다.
그래도 기도는 내가 **현존**의 더 신비한 차원에 열리고
사랑을 더 완전히 경험하는 데 도움이 될 수 있다.
하지만 기도할 때는 신을 밖에 있는 존재로 여기지 않도록
주의해야 한다. 분리되어 있다는 환상이 강화되지 않도록
주의해야 하는데, 세계 곳곳에 있는 대다수 교회와 절,
모스크에서는 분리되어 있다는 환상이 강화되고 있다.
신은 내면에 있으며, 실은 자신이 신과 하나임을 알라.
신에게 기도하고 사랑을 표현한 뒤에는 늘
깊고 확장된 침묵의 상태로 들어가라.
침묵과 **현존** 안에서 우리는 신과의 친교로 들어갈 수 있다.
침묵 속에서 당신은 신과 하나다.
하나임 안에서, 내가 있고 신이 있다.
분리는 사라진다. 남아 있는 것은
영원한 현존뿐이다. 영원한 있음. 하나임.

신 의식

그리스도 의식 안에서, 내가 있고 신이 있다.
신 의식 안에서, 나는 사라졌고 신만이 있다.

• • •

기도, 명상, 찬송, 노래, 춤, 악기 연주는 모두
자기를 마음의 제한된 세계에서 해방하고 현존하는
훌륭한 방법이다.
현존으로 깊어질 때 당신은
신과 역동적인 침묵의 친교로 들어간다.

• • •

우리는 전체 그림을 알 수 없다.
신의 계획이 우리 안에서 펼쳐질 때,
편안히 이완하며,
그 계획을 신뢰하고 자신을 내맡기는 편이
훨씬 현명할 것이다.

현존하지 않으면

현존하지 않으면, 현존하는 사람의 진실을 살 수 없다.
종교들이 잘못된 길로 빠진 지점이 바로 여기다.
종교는 깨어 있지 않은 사람들이
깨어 있는 사람의 진실을 실천하려는 시도다.
그것은 효과가 없을 것이다.
그리스도, 붓다, 또는 다른 깨어난 존재의 진실을 살고 싶다면,
마음과 에고의 영역에서 빠져나와
현존의 차원으로 깨어나야 할 것이다.

• • •

매 순간 당신에게는 선택권이 있다.
당신은 여기에, 이 순간의 진실과 현실 안에 있겠는가?
아니면, 자신이 마음의 환상적인 세계에 빠지도록 허용하겠는가?

• • •

우리는 영원한 존재이며,
때때로 시간의 세계로 짧은 여행을 떠난다.
하지만 조심하라.
그런 여행은 몇 분간만 걸릴 수도 있지만,
몇 번의 생애가 걸릴 수도 있으니.

아버지, 아들, 성령

마음의 수준에서 당신은 아들이다.
현존의 수준에서 당신은 아버지다.
그리고 아버지와 아들의 너머에 성령이 있다.
순수 의식. 영원한 현존. 하나인 신.
나는 있다.

· · ·

만약 당신이 마음속에 빠져 길을 잃고 있고,
현존과 단절되어 있다면,
당신은 탕자*다.

· · ·

어떤 사람들에게는 깨어남이 갑작스럽게 일어난다.
다른 사람들에게는 점진적으로 일어난다.
둘 다 같은 자리에 이른다.
여기, 지금.

---

* 누가복음 15장 11~32절에 나오는 예수의 비유에 등장하는 '집 나간 둘째 아들'
을 가리킨다.—옮긴이

신의 시험

지금 이 순간이 평범해 보여도
당신은 현존하겠는가?
그 안에 당신을 위한 것이 전혀 없어도
현존하겠는가?
지금 이 순간으로 열릴 때 당신은
현존을 어떤 식으로도 이용할 수 없음을
깨달을 것이다.
하지만 그것이 신의 시험이다.
당신은 자기 자신이 아니라
신을 위해 현존하겠는가?
당신은 신과 함께 현존하겠는가?
당신은 신을 위해 현존하겠는가?

지금 이 순간으로 충분한가?

신에게는
지금 이 순간 현존하는 것 말고는
당신에게 줄 것이 아무것도 없다.
당신은 그것으로 충분한가?
신은 알고 싶어 한다!
그것으로 충분하지 않다면,
당신은 지금 이 순간을 떠나야 할 테니.
그 이상의 다른 무언가를 찾아서
마음의 환상적인 세계로
들어가야 할 테니.

신에게는 판단이 없다

신에게는 판단이 없다.
원죄는 판단이다.

·　　·　　·

판단을 계속하는 한, 당신은
신의 세계로 들어가지 못할 것이다.
당신이 뭔가를 잘못해서가 아니라,
당신이 악해서가 아니라,
단지 판단의 에너지는
신의 참된 본성과 양립할 수 없으므로.

·　　·　　·

판단은 사랑과 받아들임의 에너지를 만나면
사라질 것이다.

판단을 넘어

판단을 넘어서는 유일한 길은
자기 안에서 판단이 일어날 때
판단을 지켜보는 것이다.
판단을 멈추려 하지 말라.
그 역시 판단일 테니.
그것은 판단에 대한 판단일 것이다.
그저 판단이 일어날 때 판단을 지켜보라.
인정하라. 고백하라. 표현하라.
판단이 자기 안에 존재하도록 허용하되,
판단을 믿지는 말라.
판단은 받아들여지기를 기다리고 있다.
그것은 마지막 시험이다.
자신이 판단하는 자임을 알라.
자신이 판단받는 자임을 알라.
수많은 형태로 있는 판단을 지켜보라.
수많은 위장을 하고 있는 판단을 지켜보라.
자기 안에서 판단이 일어날 때마다 판단을 지켜보되,
판단 없이 보기만 하라.

판단을 넘어…

내면에서 판단이 올라올 때 그저 이렇게 말하라.
"나는 너 판단을 본다.
나는 너를 어떤 식으로든 판단하지 않으며,
거부하거나 부정하지 않는다.
나는 너를 인정하지만, 더는 믿지 않는다.
나는 누구든 무엇이든 판단하기를 더는 선택하지 않는다.
하지만 네가 내 안에서 올라올 때마다
내가 너를 이토록 분명히 볼 수 있게 해 준 데 대해
네게 감사한다."
당신이 이런 식으로 판단을 알게 되고,
판단을 판단 없이 받아들일 때,
판단은 사라지기 시작할 것이다.
판단이 당신의 삶에서 완전히 사라질 것이다.
당신은 판단 없는 삶을 경험할 것이다.
당신은 사랑에 열릴 것이다.
삶의 진실로 깨어날 것이다.
신과의 하나임으로 회복될 것이다.

아담과 하와

구약성서 창세기에는, 아담과 하와가
무엇이 좋고 나쁜지를 아는 지식의 나무에서 자라는
열매를 먹었기에 에덴동산에서 쫓겨났다고 쓰여 있다.
신은 그들에게 그 열매를 먹지 말라고 경고했다.
종교들은 사람들이 신에게 복종하지 않아서
벌을 받고 에덴동산에서 쫓겨났다고 주장한다.
이 주장에 따르면, 신은 판단하고 벌을 주는 신이다.
하지만 그렇지 않다.
어떤 것은 좋고 어떤 것은 나쁘다고 주장하면
하나임을 벗어나 이원성으로 들어가게 된다.
좋음과 나쁨은 이원성 안에만 존재할 수 있다.
이원성의 어떤 면을 판단하면
하나임에서 나와 분리로 들어갈 것이다.
신은 사랑이다.
신은 허용한다.
신은 판단이 없다.
판단은 우리 안에 존재하며, 신 안에는 존재하지 않는다.
우리를 분리 안에 계속 가두는 것은
우리의 계속되는 판단이다.
판단이 없다면, 이원성은 균형을 이루고,
하나임으로 가는 입구가 열릴 것이다.

에덴동산

에덴동산은 이제 물질적인 모습으로 존재한다.
그것은 우리의 행성인 이 지구다.
그러나 아담과 하와처럼
우리는 판단하고
마음의 환상적인 세계로 너무 멀리 들어감으로써
신과 에덴동산을 떠났다.
지금 이 순간으로 완전히 깨어날 때
우리는 집에 왔음을 깨달을 것이다.

판단을 넘어서기

판단이 우리를 분리 속에 가둔다는 것을 알아차리면,
삶에서 판단을 넘어서는 길고 미묘한 과정을 시작할 수 있다.
판단을 완전히 넘어섰을 때
자신이 신에게로 회복되었음을 발견할 것이다.
우리는 에덴동산으로 돌아왔다.
땅 위의 천국이 드러났다.
우리는 집으로 돌아가는 길을 발견했다.

•　•　•

이 행성에서 일어나는
모든 고통, 잔인함, 불평등, 학대는
오직 한 가지 때문이다. 인간의 무의식.
만약 붓다가 땅 위를 걸었을 때
우리가 하나의 종으로서 깨어났다면,
지금 어떤 세상에서 살고 있을까?
만약 예수가 우리 사이에서 걸었을 때
우리가 깨어났다면, 우리는 지금 어떤 사람이며,
우리의 세계는 어떻게 다를까?
아직은 너무 늦지 않았다.
우리는 지금 깨어날 수 있다.

신을 신뢰하기

수많은 영혼이 신에게서 분리되었다.
신을 조건 없이 신뢰하지 않았기 때문이다.
그들은 괴롭고 힘들 때 신에게서 등을 돌렸다.
이는 신에 대한 판단이며,
이런 판단은 우리를 분리로 데려간다.
인간 존재의 펼쳐지는 드라마에 담긴
신의 계획을 우리가 어찌 알 수 있겠는가?
이 순간에 일어나는 일은 무엇이든 신의 뜻이다.
그런 일이 일어나고 있기 때문이다.
이 순간 일어나는 일을 거부하는 것은
신의 뜻을 거스르는 것이다.
신의 뜻에 저항할 때
당신은 자기의 고통을 스스로 만들어 낸다.
우리는 깨어 있고, 현존하며,
신의 뜻에 내맡기며 살아야 한다.
그 신뢰와 내맡김은 조건적이 아니라
무조건적이어야 한다.

신을 신뢰하기…

당신은 신에게 이렇게 말할 수 없다.
"저는 모든 일이 제 뜻대로 이루어질 때만
당신을 신뢰하고 당신의 뜻에 내맡깁니다."
당신이 그렇게 하면, 신은 당신의 삶에
당신이 원하지 않는 온갖 것을 가져올 것이다.
당신을 벌주기 위해서가 아니라,
단지 지금 이 순간을 있는 그대로
받아들일 기회를 주기 위해서.
판단을 넘어서는 것은 이 수준의 받아들임뿐이다.
신은 결코 당신을 포기하지 않을 것이다.
당신의 삶에서 일어나는 모든 일은
조건 없이 내맡길 기회를 제공한다.
당신은 고통에 내맡기고 있지 않다.
당신은 바로 지금 일어나는 일이 무엇이든
그것에 내맡기고 있다.
당신에게 고통이 일어나는 까닭은
지금 일어나는 일을 받아들이지 않고 거부하기 때문이다.

근본적인 선택

우리 세계에는 받아들이기 몹시 힘든 일이 많이 일어난다.
나는 만연해 있는 모든 갈등, 공격, 힘의 남용을 말한다.
나는 모든 탐욕, 부당함, 불평등을 말한다.
나는 모든 전쟁을 말한다.
나는 동물, 여성, 아이들, 환경에 대한 학대와 잔인함을 말한다.

이런 일들이 일어나도록 허용하는 신을
어떻게 받아들이고 그 신에게 내맡길 수 있겠는가?
그러나 우리에게 자유 의지를 주는 일 외의 다른 일에 대해
신을 비난할 수는 없다.
우리는 선택할 자유가 있으며,
우리의 선택은 우리 삶의 경험과 우리의 운명을 결정한다.
우리가 분리와 환상 속에서 길을 잃고 있음을 알아차리는 것은
우리에게 달려 있다.
우리는 에고의 지배를 받아 왔다.
우리가 하는 모든 선택은 결과들로 이어지며,
우리는 이제 그런 선택들에서 이어지는 결과들과 함께
살고 있음을 알아차려야 한다.

근본적인 선택…

자유 의지의 중심에는
모든 것을 바꿀 근본적인 선택이 있다.
신은 우리가 이 근본적인 선택을 알아차리기를 늘 기다린다.
"너는 어떤 세계에서 살기를 선택하는가?" 신은 묻는다.
"내가 창조자이며 삶의 진실인
지금 이 순간의 세계를 선택하는가?
아니면, 분리와 환상의 세계이며, 네가 창조자인
네 마음의 세계를 선택하는가?
너는 어떤 세계를 선택하려는가?"

하지만 조심하라!
하나의 선택은 땅 위에 드러난 **천국**으로 인도할 것이다.
다른 선택은 우리를 땅 위의 지옥으로 인도할 것이며
우리 중 많은 사람은 이미 거기에 있다.
마음의 세계에 더 깊이 빠질수록
자기의 믿음들을 더 단단히 붙잡을 것이며,
그것은 더욱 땅 위의 지옥처럼 보일 것이다.

받아들임

신을 신뢰한다는 것은
지금 있는 것을 완전히 받아들이며 산다는 뜻이며,
세상에서 수동적으로 산다는 뜻이 아니다.
당신은 세상에서 사랑과 정직, 온전함으로 살아간다.
당신은 신의 동반자로서 힘 있게 살아간다.
당신은 안다. 자신이 경험하는 삶은 전적으로
자기의 선택에 달려 있다는 것을,
자기의 생각과 말, 행동에는
필연적인 결과가 따른다는 것을….
당신은 무엇을 원하는지, 원하지 않는지 분명히 알지만,
결과에 집착하지 않는다.
일들이 당신 뜻대로 되지 않아도,
일어나는 모든 일은
당신과 모든 존재의 지고선을 위해
정해진 대로 정확히 일어나고 있음을,
당신은 신뢰한다.

받아들임…

아마 당신은 선택하거나 생각하거나 말하고 행할 때
완전히 의식하지는 않았을 것이다.
아마 신은 나중에 더없이 귀중하다고 밝혀질 교훈을
당신에게 가르치고 있을 것이다.
지금 당장은 당신이 그 가치를 알지 못해도….
아마 당신에 관한 신의 계획은
당신의 계획보다 훨씬 원대할 것이다.
어떤 일이 일어나든,
펼쳐지고 있는 신의 뜻에 대한 당신의 신뢰는
동요하거나 흔들리지 않는다.
만약 어떤 일이 일어나고 있다면,
그것은 분명 신의 뜻이다.
지금 일어나는 일을 받아들이지 않으면,
당신은 판단으로 들어갔으며,
그 판단은 당신을 분리 속으로 데려갈 것이다.
이처럼 단순하다.

신을 신뢰하라

이 세상의 모든 나무에서 떨어지는
나뭇잎 하나하나는
신이 계획한 대로
정확한 시간에 정확한 방식으로 떨어지고 있다.
떨어지는 나뭇잎 하나를 지켜보라.
땅으로 가는 나뭇잎의 여행은
신에 의해 완벽하고 상세하게 계획되었다.
바람에 날리는 모든 움직임,
모든 방향 전환,
떠오르고 날리고
떨어지는 움직임 하나하나는
나무가 존재하기 훨씬 이전부터
신에 의해 완벽하고 상세하게 예정되었다.
만약 한 그루 나무에서 시작되는
나뭇잎 하나의 여행을 위해
신이 그리도 완벽하게 계획했다면,
당신을 위한 신의 계획은
얼마나 더 완벽하겠는가.

신이 어떻게 해야 하는가?

이 행성에 있는 수많은 사람은
생각하는 마음의 과거와 미래 세계에서 살고 있다.
그들은 지금 여기에 있지 않다.
그들은 마치 깨어 있는 꿈을 꾸며 잠들어 있는 것 같다.
무지하고 무의식적인 우리는 너무나 파괴적이어서
우리 자신까지 파괴하려 하고 있다.
우리를 환상에서 깨우려면 무엇이 필요할까?
수많은 선지자와 현자, 스승들이 우리를 깨우려 애썼다.
하지만 무슨 소용이 있었는가?
어쩌면 이제 신에게는
우리를 흔들어 깨우는 것 말고는
다른 방도가 남아 있지 않을지도 모른다.
우리가 환상에 빠져 있다는 것을,
고통의 유일한 원인은 우리의 무의식이라는 것을
깨달을 수 있도록 충분히 오래 멈출 수 있는 것은
아마도 우리의 삶이 너무나 고통스럽고
힘겨워질 때뿐인지도 모른다.
우리는 깨어난 뒤에야 비로소
깨어 있는 꿈을 꾸면서 잠들어 있었음을 알아차릴 것이다.

꿈을 바로잡기

고통을 겪어도 꿈에서 깨어나는 경우는 무척 드물다.
대다수 사람은 꿈속에 머물러 있기를 선택하면서
꿈이 더 나아지기를 바라는데,
그런 희망은 그들을 꿈속으로 더 깊이 데려간다.
그냥 꿈에서 깨어나는 편이 훨씬 쉽다.
이 순간 바깥의 모든 것은 꿈이다.

신의 현존

신은 지금 있는 모든 것을 이미 창조했다.

당신이 더하거나 뺄 수 있는 것은 아무것도 없다.

신의 세계는 지금 여기에 존재한다.

당신은 완전히 현존함으로써

그 세계에 참여할 수 있다.

그 세계를 경험할 수 있다.

나무와 꽃, 바위는 신의 세계의 일부다.

진실로, 그들은 신의 몸 일부다.

나무나 꽃, 바위와 함께 완전히 현존할 때

당신은 신의 세계로 들어온다.

신은 이미 자기의 역할을 다했다.

이제 당신의 역할을 하는 것은 당신에게 달려 있다.

당신의 역할은 매우 중요하다.

자신을 지금 이 순간으로 데려오라.

지금 여기에 있는 것과 함께 완전히 현존하라.

완전히 현존하게 될 때 당신은

분리되어 있다는 환상으로부터

삶의 진실로 깨어나기 시작할 것이다.

완전히 현존하게 될 때 당신은

현존하는 모든 것 안에 있는

신의 살아 있는 **현존**을 만나기 시작할 것이다.

신과 지금 이 순간

신은 지금 이 순간 안에 존재한다.
신은 지금 이 순간으로서 존재한다.
이 순간 안에 완전히 현존함으로써
당신은 신을 공경하고
그래서 신은 당신에게 응답할 것이다.
그렇게 단순하다.

•　　•　　•

현존 안에 있을 때 당신은
다른 사람들을 평등하고 깨달은 존재로 본다.
설령 그들이 그러함을 알아차리지 못해도.
이는 동물들과 자연계로 확장된다.

모두가 신이다

어느 날 나는 붐비는 도시의 거리를 걷고 있었다.
그런데 문득, 보이는 모든 사람이
이미 완전히 깨어난 **존재**처럼 보였다.
보이는 모든 사람이 신처럼 보였다.
길가에 있는 걸인조차도
걸인인 척 가장하는 신처럼 보였다.
모든 사람이 늘 깨어 있었고,
신으로 실현되었으며,
나는 마지막에 도착한 사람인 것 같았다.
나는 마지막에 깨어난 사람인 것 같았다.
겸손해지는 경험이었다.

　•　　•　　•

사실, 우리는 신의 이미지대로 창조되었다.
신을 믿을 때 우리는 신을 우리의 이미지대로 창조한다.

창조성

만약 당신이 신을 기억하고,
현존하는 모든 것 안에 있는
신의 **현존**을 의식하고 알아차리며 산다면,
당신의 창조적인 노력은
신의 창조물과 완전한 조화를 이룰 것이다.
당신은 신과 경쟁하지 않을 것이다.
당신은 신의 창조물에 해로운 것을 창조하지 않을 것이다.
당신은 신이 창조한 것들의
자연스러운 아름다움과 영광을 훼손하는 것을
창조하지 않을 것이다.
당신의 기여는 신의 세계에 아름다움을 더할 것이다.

·   ·   ·

현존한다고 해서 더는 생각하지 않는 것이 아니다.
현존하면 더 명료하게 생각한다.
당신은 현존하면서, 의도적으로 의식하며 생각한다.

신에게 돌려주기

8월의 어느 따뜻한 여름밤에 열린 모임에 한 여성이 참석했다.
저녁 모임이 끝나자 그녀는 내게 다가와서
자기 이름이 마거릿이라고 했다.
그녀는 저녁 모임이 끝날 무렵 매우 강력한 깨어남을 경험했으며,
자신이 무척 확장되고 현존하는 것을 느낀다고 말했다.
그녀는 기쁨으로 가득 차 있는 것 같았다.
그녀는 전에는 이런 일을 경험한 적이 없었다.
그래서 이렇게 확장된 의식 상태로 계속 살려면
어떻게 해야 하느냐고 물었다.
나는 편히 쉬면서 즐기라고 말해 주었다.
며칠 뒤 그녀는 내게 전화해서 고맙다고 말했고,
그날 밤의 경험이 계속되고 있으며
지난 며칠간은 말할 수 없이 놀라웠다고 말했다.
그녀는 깊은 사랑 안에 있었고,
모든 것 안에서 사랑과 완전함을 경험하고 있었다.
깊은 행복과 희열을 느끼고 있었다.
나는 기뻤고, 한편으로 그녀가 이전에는
영적 강의를 듣거나 영적 모임에 참석해 본 적이
전혀 없는 초보자라는 말에 다소 놀랐다.
다음 날 나는 3일간의 명상 모임을 인도하기 위해 떠났다가,
모임이 끝난 뒤 숙소로 돌아왔다.

신에게 돌려주기…

밤 11시 30분쯤 방에 들어오니,
급히 전화해 달라는 메시지가 책상 위에 놓여 있었다.
마거릿이 남긴 메시지였다. 거기에는
'자정 전에 돌아오시면 전화 부탁드려요.'라고 쓰여 있었다.
전화를 걸자 마거릿이 받았다. 우울한 목소리였다.
"선생님은 어쩌면 그렇게 잔인할 수 있죠?"
무슨 말이냐고 묻자 그녀가 말했다.
"선생님은 어떻게 사람들에게 이럴 수 있나요?"
나는 무슨 말인지 알 수 없어 다시 한 번 무슨 말이냐고
물었다. "그런 선물을 줄 때는 곧 떠날 것이라고 미리
말해 주어야 하는 것 아닌가요. 어떻게 선생님은
그 선물이 끝날 것이라는 경고도 없이,
삶이 얼마나 좋을 수 있는지를 보여 줄 수 있나요?"
몹시 책망하는 말투였다. 그녀는 지금 겪는 일이
모두 내 책임인 양 나를 신랄하게 비난했다.
"지금 무슨 일을 겪고 있습니까?" 내가 물었다.
"그 후 일주일쯤 정말로 행복했어요.
그렇게 많은 사랑과 웃음과 기쁨은 경험해 본 적이 없었죠.
그런데 갑자기 다 사라져 버렸어요. 이젠 절망뿐이에요.
기쁨이 얼마나 높을 수 있는지를 아예 모르는 게 나을 뻔했어요.
지금은 그만큼 깊은 절망 속에 빠져 있으니까요."
"제가 좀 도와드릴까요?" 내가 물었다.

신에게 돌려주기…

조금 머뭇거린 뒤 그녀가 대답했다. "예! 그래요."

"단, 조건이 있습니다. 제가 말한 대로 정확히 따라야 합니다."

그녀는 내 말에 동의했다.

"좋습니다." 내가 말을 이었다. "오늘 밤 잠자리에 들 때

눈을 감고 숨 쉬는 몸 안에서 깊이 현존하세요.

내면의 침묵을 경험하세요. 몇 분 동안이라도.

그 뒤 침묵을 향해 말하세요. 신에게 사과하세요."

"뭘 사과하죠?" 그녀가 꽤 놀라며 물었다.

"당신의 것이 아닌 것을 붙잡으려 한 데 대해

신에게 사과하는 겁니다." 내가 대답했다.

"신은 당신에게 놀라운 선물을 주셨습니다.

신은 당신이 진정 누구인지를 언뜻 보게 해 주셨습니다.

신은 당신에게 삶의 진실과 사랑을 보여 주셨습니다.

이제 신에게 감사하지 않았음을 사과하세요.

그 모든 것을 자신을 위해 가지려 한 데 대해

신에게 사과하세요." 나는 잠시 멈춘 뒤 말을 이었다.

"신에게 이렇게 말해 보세요.

신이시여, 저는 이 모든 것을 당신께 돌려드립니다.

사랑과 진실과 기쁨은 당신과 지금 이 순간의 것입니다.

이런 선물들은 제가 지금 이 순간 안에 있을 때만

누릴 수 있습니다. 당신은 은총으로 이런 것들을

제게 나누어 주셨지만, 그것들은 제 것이 아닙니다.

신에게 돌려주기…

그것들은 당신께, 오직 당신께만 속합니다.
정말 감사하지만, 이제 이 모든 것을
당신께 돌려드립니다."
그녀가 말했다. "자신이 없어요.
그것들이 영영 다시 오지 않으면 어떻게 해요!"
나는 그렇게 할 수 있다고, 적어도 힘닿는 데까지
최선을 다할 수는 있을 것이라고 그녀를 격려했다.
그녀는 그렇게 해 보겠다고 말했다.
나는 녹초가 되어 잠자리에 들었다.
다음 날 아침 아홉 시 정각에 전화벨이 울렸다.
마거릿이었다. "고마워요! 고마워요! 고마워요!"
감격한 목소리로 그녀가 말했다.
"왜 고마워하시나요?" 내가 물었다.
"말씀하신 대로 정확히 따라 했어요." 그녀가 말했다.
"신에게 사과드리고, 모든 사랑과 행복과 기쁨을
신에게 돌려드렸죠. 그리고 잠들었어요.
오늘 아침, 잠에서 깨자 그것들이 다 돌아와 있었어요.
제가 사랑과 평화와 감사로 가득한 것이 느껴져요.
이전보다 훨씬 차분한데, 기본적으로는 같은 느낌이에요."
우리는 좀 더 얘기를 나누었다. 전화를 끊은 뒤
나는 눈을 감고서 깊고 고요한 감사의 기도를 드렸다.
그리고 이 귀중한 교훈을 주신 신에게 감사드렸다.

최고의 기도

최고의 기도는
자기 자신을 신에게 드리는 것이다.
당신의 눈을 드려라.
신이 저녁노을을 볼 수 있게.
또는 한 송이 꽃을,
살랑거리며 땅으로 내려앉는 나뭇잎을.
신에게는 당신의 눈 말고는
다른 눈이 없으므로….
당신의 귀를 드려라.
새들이 지저귀는 소리를 신이 들을 수 있게.
또는 어린아이의 웃음소리를,
개구리가 연못으로 첨벙 뛰어드는 소리를.
신에게는 당신의 귀 말고는
다른 귀가 없으므로….
당신의 손을 드려라.
신이 주름진 고목 껍질을 만질 수 있게.
또는 흐르는 시냇물의 시원함을 느낄 수 있게.
신에게는 당신의 손 말고는
다른 손이 없으므로….

두 세계에서 살기

많은 사람은 깨어나기를 두려워한다.
완전히 깨어나면 더는 세상에서
제대로 기능할 수 없을 것이라고 믿기 때문이다.
어느 수준의 깨달음에서는 맞는 말이다.
나는 가끔 완전히 시간을 벗어난 상태로 들어간다.
거기에서는 이 순간 바깥의 나 자신이라는 인식이 전혀 없다.
거기에는 과거의 나에 관한 기억도 없고
미래의 나에 관한 생각도 없다.
내가 지금의 하나임으로 들어갈 때
모든 분리는 사라진다.
그것은 상상할 수 없이 아름다운
땅 위에 있는 천국의 경험이다.
그러나 이런 의식 수준에서는
시간의 세계에서 살아갈 수 없다.
이 순간 바깥의 어떤 것에도 관여할 수가 없다.
만약 당신이 그 상태에 머무른다면,
당신을 보살펴 줄 한 팀의 사람들이 필요할 것이다.
그래서 나는 더 유연한 깨달음을 권장한다.
시간이 없는 지금의 세계와
시간의 세계가
부드럽게 공존하도록 허용하는 깨달음을….

두 세계에서 살기…

우리는 이 두 세계가 조화롭고 균형 잡히게 할 수 있다.

이 순간을 사는 법을 배워라.

깨어나서 **현존**으로 더욱 깊어져라.

현존에 완전히 자리 잡아라.

신의 은총이 허락하는 한,

신과 **천국**, **땅**을 자주 그리고 깊게 경험하되

그런 경험에 집착하지는 말라.

지금 이 순간이 삶의 진실이며,

마음의 세계는 본래 환상적인 것임을 알라.

그러면 마음의 세계에서 마음껏 놀 수 있다.

하지만 주의하라! 거기에서는 길을 잃기 쉬우니.

지금 이 순간의 신의 세계가 당신 존재의 토대이게 하라.

마음의 세계로 들어갈 때는

오로지 의식적으로 의도하여 들어가되,

지나치게 관여하여 길을 잃지는 말라.

삶의 긍정적인 면들에 집착하지 말고

부정적인 면들을 거부하지 말라.

당신을 미래로 데려가는 욕망에 사로잡히지 말라.

당신을 닫히게 하는 두려움에 사로잡히지 말라.

시간을 통해 펼쳐지는 당신의 이야기를

자기 자신과 동일시하지 말라.

두 세계에서 살기…

현존에 더욱 뿌리내리려면, 조용히 앉아 있을 때뿐 아니라
일상적인 활동을 할 때도 완전히 현존하는 법을 배워야 한다.
아침에 일어나 **현존** 안에서 세수하라.
공원을 걸으며 나무와 꽃들, 새들과 함께 완전히 현존하라.
현존 안에서 식사하라.
지금 먹는 음식의 식감과 풍미를 섬세하게 느끼고,
한입씩 먹을 때마다 사랑과 주의로 음식을 씹고 맛보라.
설거지도 **현존** 안에서 할 수 있다.
현존하기를 더 많이 기억할수록
현존 안에 더 많이 자리 잡게 된다.
그러면 생각과 상상으로,
관념과 견해, 믿음의 세계로 들어갈 때,
지금 이 순간의 실제 세계로 돌아오기가
훨씬 더 쉬워질 것이다.
삶의 진실 안에 깨어 있기가 훨씬 쉬워질 것이다.

•　　•　　•

깨어 있는 사람은 두려움, 욕망, 집착 없이
시간이 없는 지금의 세계와
시간의 세계 사이를 쉽게 흐를 수 있다.

새로운 집

깨어남의 초기 단계에는
행복하고 심오한, 현존의 깨어난 상태를 경험하겠지만,
결국 다시 마음으로 돌아올 것이다.
마음은 당신이 사는 집이다.
마음은 당신에게 익숙해진 집이다.
때때로 당신은 집을 떠나 지금 이 순간을 방문하겠지만,
거기에 오래 머물도록 허용되지는 않을 것이다.
그것은 마치 당신에게 어떤 가상의 고무줄이 달려 있어서
당신을 지금 이 순간으로부터 재빨리 낚아채
마음의 과거와 미래 세계로 다시 데려가는 것 같다.
하지만 당신이 현존에 더욱 깊어지고
지금 이 순간에 더욱 자리 잡으면,
그리고 마음을 더 많이 의식하게 되면,
서서히 전환이 일어난다.
가상의 고무줄은 늘어나 느슨해진다.
지금 이 순간 안에서 지내는 시간이 더 늘어날 것이다.
에고는 당신을 즉시 귀환시키려 이전만큼 애쓰지는 않는다.

새로운 집…

마음과 에고의 이런 완화와 놓아둠은 계속 이어지다가,
어느 날 아무 예고 없이
당신의 집은 마음에서 **현존**으로 바뀐다.
이제 당신의 집은 지금 이 순간이며 지금의 세계다.
현존함은 당신의 자연 상태다.
당신은 여전히 과거와 미래라는 마음의 세계로
들어갈 수 있다. 여전히 생각할 수 있다.
하지만 생각을 마치자마자 당신은 곧바로
새로운 집인 **현존**의 깨어난 상태로 돌아간다.
고무줄은 이제 당신을 반대 방향으로 끌어당긴다.
당신을 마음에서 **현존**으로 끌어당긴다.
이 전환이 일어날 때,
당신은 삶에서 주요한 변화를 통과했다.
당신은 이제 깨어 있다.
당신은 참된 집에 있다.
지금의 세계라는 집에 있다.

시간의 세계에서 살기

깨어날 때 당신은 중요한 질문을 만날 것이다.
"이제 나는 더 많이 현존하고 있는데,
거의 모든 사람이 과거와 미래에 관심을 쏟으며 살아가는
이 세상에서 이제 어떻게 살아가야 하는가?
나는 더이상 두려움과 욕망에 지배되지 않고
미래에 충족될 것이라는 약속에도 유혹당하지 않는데,
이제 두려움과 욕망의 세계에서 어떻게 살아가야 하는가?
나는 더이상 에고에 끌려다니지 않는데,
이 세상에서 어떻게 살아가야 하는가?"
답은 간단하다.
현존하고, 자기의 느낌과 감정에 자연스럽게 반응하라.
두 가지 느낌과 감정이 있다.
당신 안에 억눌린 과거의 감정들이 있다.
깨어나는 과정에 이런 억눌린 감정들을
몸에서 해방해야 할 것이다.
그러지 않으면 그 감정들은
계속 지금 이 순간으로 투사되면서
삶의 경험을 왜곡할 것이다.

시간의 세계에서 살기…

하지만 과거와는 아무 관계 없이
이 순간 진짜로 일어나는 느낌과 감정들이 있다.
이런 느낌과 감정들은 이 순간 일어나는 일에
알맞게 반응하는 법을 보여 준다.
배고프면 먹어라. 목마르면 마셔라.
외로우면 친구에게 전화해서 차 한잔 하자고 하라.
너무 많은 만남에 지치면, 혼자 어디론가 떠나라.
화가 나거나 상처 입었다고 느끼면,
그것은 당신이 원하는 것을 얻지 못하고 있거나
원하지 않는 것을 견디고 있음을 나타낸다.
그럴 때는 자신이 바로 지금 원하는 것이 무엇인지,
원하지 않는 것이 무엇인지 말로 표현하라.
그러면 힘이 생길 것이다.
현존하라. 자연스럽게 반응하라.
진실하라. 감정을 느껴라.
자신이 원하는 것을 알라, 순간순간.
그것은 당신을 순간순간 끊임없이 새롭게 하며
살아가는 동안 당신을 인도할 것이다.

지금 이 순간에는 죽음이 없다

지금 이 순간에는 죽음이 없다.
그렇다면 죽음은 어디에 있는가?
미래의 어디에 있다.
마음의 과거와 미래 세계에 있을 때 우리는
미래를 예상할 수 있다. 미래를 상상할 수 있다.
그리고 거기에서 당신은 죽음을 발견할 것이다.
죽음은 매일 다가온다. 더 가까이 온다.
이는 많은 사람에게 두려움과 걱정을 불러일으킨다.
이는, 종종 무의식 수준에서. 우리가 연약하고
언젠가는 죽을 것이라고 느끼는 까닭의 일부인데,
그것은 죽지 않는 우리의 차원을 완전히 간과한다.
하지만 만약 당신이 완전히 현존하면,
거기에는 과거나 미래가 없다. 오직 이 순간만 있으며,
이 순간에는 죽음이 존재하지 않는다.
삶은 이 순간에 존재한다.
죽음이 존재하려면, 당신은 지금 이 순간을 떠나
마음의 세계로 들어가야 할 것이다.
죽음을 발견하려면 상상의 미래를
자세히 들여다보아야 할 것이다.
죽음은 지금 이 순간과는 아무 연결이 없다.
설령 당신이 여기 지상에서 신체적인 존재의
마지막 몇 순간 동안 있더라도
계속 현존할 수 있다면 거기에는 죽음이 없다.

지금 이 순간에는 죽음이 없다…

현존할 때는 편안히 이완된다.

거기에는 붙잡음이 없다.

알지 못하는 것에 대한 두려움이 없다.

당신은 그저 자기의 호흡과 함께 순간순간 현존한다.

아마 당신은 창밖에 떨어지는 빗소리나

지저귀는 새 소리를 들을 수 있을 것이다.

아니면, 아마 침대 옆에 놓인 꽃들의 향기와 함께 현존할 것이다.

현존 안에 있을 때 당신은

두려움이나 걱정을 경험하지 않을 것이며

오직 감사의 느낌만 경험할 것이다.

그 뒤 갑자기, 당신은 몸을 떠난다.

이는 죽음이 아니다! 그저 다른 차원으로의 이동일 뿐이다.

당신은 물질적 차원에서 영혼의 차원으로 이동하고 있다.

만약 이 생애에서 완전히 깨어나지 않았다면,

당신은 다시 태어날 것이다.

당신은 죽음이라 불리는 환상을 포함하여,

과거와 미래라는 환상의 세계에서 해방될 기회를

다시 한 번 받을 것이다.

만약 당신이 완전히 깨어났다면,

물질세계로 돌아올지 말지를 선택할 수 있다.

그런데 당신이 왜 굳이 돌아오지 않으려 하겠는가?

결국 여기는 땅 위의 천국이다.

깨어난 삶

깨어난 삶을 살 때는
지금 이 순간에서 멀리 벗어나지 않는다.

•　　•　　•

당신의 삶에서 일어나는 모든 일은
깨어남을 위한 기회다.
예외는 없다!

I AM의 순수 의식

I AM의 순수 의식은
신의 마음과 신의 몸을 잇는 다리다.
참 아버지와 참 어머니를 잇는 다리다.
위와 아래를,
안과 밖을,
처음과 끝을 잇는 다리다.
천국과 땅을 잇는 다리다.
그것은 그리스도 의식이다.
지금 깨어나라.
참된 당신인 I AM으로.

땅 위의 천국

신의 마음은 신의 몸을 낳았다.
에덴동산은 이제 물질적인 모습으로 존재한다.
그것은 우리의 행성인 이 지구다.
지금 이 순간으로 완전히 깨어날 때
우리는 집에 왔음을, 그리고
에덴동산은 이제 **땅** 위에 드러난 **천국**임을
깨달을 것이다.

신의 영원한 본성

창조는 끊임없이 창조를 낳는다.
삶은 죽음의 자궁이며
죽음은 삶의 자궁이다.
창조와 파괴는 신의 양면이다.
태어난 것은 죽을 것이다.
죽는 것은 새로 태어날 것이다.
창조된 것은 파괴될 것이다.
파괴되는 것은 새로 창조될 것이다.
시작하는 것은 끝날 것이다.
끝나는 것은 다시 시작할 것이다.
그것은 신의 영원한 본성이다.

•　　•　　•

당신이 찾는 것은 이미 지금 여기에 있다.
그저 편히 쉬어라.
지금 여기에 있어라.

끝 속에 처음이 있다.

▪ 저자에 관해

레너드 제이콥슨은 현대의 신비가이며 영적 지도자다. 그는 사람들이 하나임을 향해 나아가는 여행을 하도록 안내하고 돕는 데 깊이 헌신한다.

그는 1944년 호주 멜버른에서 태어났고, 멜버른 대학에서 공부했으며, 1969년에 법학 학위를 받고 졸업했다. 그는 1979년까지 변호사로 일했다. 그 뒤 영적 발견의 긴 여행을 떠났으며, 미국, 중동, 인도, 일본 등 여러 나라를 여행했다.

1981년에는 일련의 신비한 깨어남을 처음 경험했는데, 이 깨어남들은 삶, 진실, 실재에 관한 그의 인식을 깊이 바꾸었다. 이 깨어나는 경험들은 점점 더 깊은 의식 수준을 드러냈고, 그의 가르침과 글을 지혜와 명료함, 사랑, 자비로 채워 주었다.

그는 30년 이상 워크숍과 세미나를 열면서, 깨어남의 길을 걷는 사람들에게 영감과 안내를 제공하고 있다.

그는 캘리포니아 샌터 크루즈 근처에 살면서 저녁 가르침 모임, 주말 워크숍을 하고 있고, 미국, 유럽, 일본, 중국, 호주에서 더 긴 숙박 수련회를 열고 있다.

레너드 제이콥슨은 비영리 단체인 '의식하는 삶 재단'(Conscious Living Foundation)의 설립자다. 2005년에는 (어떤 종교에도 속하지 않지만) 국제 종교과학 협회(Religious Science International)에서 평화상을 받았다.

그의 가르침은 모든 종교와 영적 전통을 포함하며 넘어선다. 그 가르침은 진정으로 깨어나고 싶은 사람들을 위한 것이며, 자신이 사실은 깨어나고 싶어 한다는 것을 아직 깨닫지 못한 사람들을 위한 것이다.

그의 저서로는 《고요한 현존》, 《현존 명상》, 《모든 것은 하나다》, 《지금 여기에 현존하라》, 그리고 어린이를 위한 그림책인 《빛을 찾아서(In Search of the Light)》가 있다.

그의 책들은 한국, 일본, 대만, 중국, 네덜란드, 덴마크, 폴란드, 리투아니아, 미국 등 여러 나라에서 출간되었다.

레너드 제이콥슨에 관해 더 많은 것을 알고 싶다면 www.leonardjacobson.com 을 참고하기 바란다.

옮긴이 김윤

서울대학교 경영학과를 졸업했다. 지금은 자유롭고 평화로운 삶으로 안내하는 글들을 우리말로 옮기고 소개하는 일을 하고 있다. 그동안 번역한 책으로는 《네 가지 질문》《기쁨의 천 가지 이름》《가장 깊은 받아들임》《아잔 차 스님의 오두막》《지금 여기에 현존하라》《고요한 현존》《현존 명상》《모든 것은 하나다》 등이 있고, 공역한 책으로는 《순수한 앎의 빛》《사랑에 대한 네 가지 질문》《직접적인 길》《요가 매트 위의 명상》 등이 있다.

모든 것은 하나다

초판 1쇄 발행 2023년 11월 20일

지은이 레너드 제이콥슨
옮긴이 김윤

펴낸이 김윤
펴낸곳 침묵의 향기
출판등록 2000년 8월 30일. 제1-2836호
주소 10401 경기도 고양시 일산동구 무궁화로 8-28,
　　　　삼성메르헨하우스 913호
전화 031) 905-9425
팩스 031) 629-5429
전자우편 chimmukbooks@naver.com
블로그 http://blog.naver.com/chimmukbooks

ISBN 979-11-984410-2-7　03840

*책값은 뒤표지에 있습니다.